采 生 命 之 力 ， 结 智 识 与 爱

重启生命

徐舒 著

GUANGXI NORMAL UNIVERSITY PRESS
广西师范大学出版社
·桂林·

CHONGQI SHENGMING
重启生命

图书在版编目（CIP）数据

重启生命 / 徐舒著. --桂林：广西师范大学出版社，2023.9（2023.12 重印）

ISBN 978-7-5598-6120-7

Ⅰ. ①重… Ⅱ. ①徐… Ⅲ. ①回忆录－中国－当代 Ⅳ. ①I251

中国国家版本馆 CIP 数据核字（2023）第 107761 号

广西师范大学出版社出版发行
（广西桂林市五里店路 9 号 邮政编码：541004
网址：http://www.bbtpress.com）
出版人：黄轩庄
全国新华书店经销
山东韵杰文化科技有限公司印刷
（山东省淄博市桓台县桓台大道西首 邮政编码：256401）
开本：787 mm × 1 092 mm 1/32
印张：9.25 字数：176 千
2023 年 9 月第 1 版 2023 年 12 月第 2 次印刷
定价：66.00 元

献给母亲，也献给成长中的我和你

推荐序

1

成长乃脱困之道

陆晓娅

生命教育的探索者，安宁疗护志愿者

人的一生，哪怕没有碰到重大的、破坏性的大事件，如战争、严重自然灾害、经济危机等等，也有可能在某一时刻陷入生命的困境，陷入一种极为不适、痛苦的黑暗中，失去生活热情却找不到挣脱出来的力量和方向。

这些生命的困境，有些与社会环境有关，有些与个体生命历程中的创伤或挑战有关，更多时候，是社会因素与个体因素交织，伦理困境与心理困境叠加，认知限制与情感冲突混合的结果，犹如重重黑雾。

徐舒就在人到中年之时，因为母亲去世，陷入生命的困境，进入人生的至暗时刻。

在妈妈生病期间，她不仅尽心尽力、几乎全天候地照顾妈妈，还帮助妈妈实现了很多心愿，比如：拍四世同堂的全家福、带妈妈回老家、安排妈妈和最爱的学生聚会……而当妈妈出现吞咽障碍、营养不良、骨转移疼痛等症状时，她抱着对医疗能够减轻痛苦的期待，呼叫120送妈妈进了医院。令她想不到的是，妈妈被送进ICU后，非但没有减轻痛苦，反而经受了许多痛苦，最终在ICU孤独离世。徐舒认为是自己决策失误才导致妈妈在孤独中忍痛等死，深深的自责、无力与无助，令她悲伤到绝望——她不想说话、消极低沉、浑浑噩噩、不知道自己出门做什么，甚至想让自己在大街上被车撞死，好去陪着妈妈，给她赎罪。

那时候的徐舒并不知道，她的困境，也是如今大众普遍的困境：许多人相信医学即便不能起死回生，也能减轻人的痛苦；相信将亲人送到医院，尽可能地挽救和延长其生命，才是作为子女应尽的孝道。这几乎是我们的本能反应，背负着尽孝的责任，我们也不知道，面对亲人即将离世，还有什么选择。

“善终”本是我们中国人最朴素的愿望之一，但除非像徐舒那样亲历，否则很难事先就了解在医疗技术高度发达的今天，“善终”竟然变成了一个难题——不是人活得不够长，而是“死”的过程很艰难！

“死亡”从什么时候开始与“医院”紧密相连？不论是百岁老人，还是已经“病入膏肓”、无法治愈的患者，在临终前都可能需要在诸多检测设备、药物和营养的加持下延长生命，甚至可长达几年。但被延长的，究竟是有质量的生命，还是痛苦挣扎的无效生命？那些人被束缚在病床上，既要忍受病痛，还要忍受治疗所带来的痛苦。这被延长了的“生命”已经失去了“生活”。他们不能自主进食享受“口福”，不能自己挠痒痒，更不能表达自己的喜怒哀乐。与此同时，他们还会失去亲人的陪伴，在生命的最后时刻，在最需要感受温暖、支持和爱的时刻，没有亲人握住他们的手、与他们道别——这就是今天最常见的临终景象，学者们称之为“医学化的死亡”或“技术化的死亡”。

此外，工业化、都市化的生活方式，让我们越来越“疏远”死亡。昔日乡村老人早早为自己备好寿衣寿材的景象不见了，在家中离世的习俗也难以维持。在应接不暇的日常中，陪伴本就稀有，更别提能够好好道别的时间和空间了；对于死亡的避讳，使人不敢、不能及时地讨论临终和身后事，最终留下悔恨、遗憾和解不开的心结……

徐舒就这样和年迈的爸爸一起，在妈妈离世后陷入了抑郁。五年里，爸爸每天深夜都会起来找老伴，未曾告别让他无法接受妻子已经离去的事实。这凄凉哀恸的场景，让我深受触动，泪水婆娑。

对他们而言，亲人离世后，生命变成了一条幽暗的隧道，前面看不到亮光，后面又出现了新的困厄：徐舒得了乳腺癌。

夜深人静时，她想：如果我不想像妈妈那样孤独痛苦地死，我还能怎么死？

幸而一束光出现了。

徐舒在朋友圈看到了北京海淀医院建立安宁病房的消息，看到了北京生前预嘱推广协会关于填写生前预嘱的宣传。她填写了生前预嘱，报名参加了安宁疗护志愿者的培训，由此走进了安宁病房。

为了给自己找到告别世界的好地方，徐舒踏上了学习安宁疗护理念、参与病房服务的道路，恐怕连她自己也没有想到，她踏上了一条成长之路。

在为志愿者开设的生死教育心理课上，她第一次讲出妈妈在痛苦孤独中离世带给她的悔恨和伤痛，并且在老师帮助下，通过仪式化的过程，对着妈妈的照片，与妈妈道爱、道谢、道歉和道别，也与自己和解。

在安宁病房服务现场，医生告诉她，每个生命末期的患者都是我们的老师。她开始思考生命与死亡的意义，开始学着共情他人，也学着觉察自我；学着尊重患者的个体差异，也学着“没有分别心”地接纳他们；学着用温柔的方法表达关心、给予支持，也学着让自己放松与平和……

这些生命的功课，原本是需要我们在日常生活中学习的，但对徐舒来说，遇到安宁疗护，才让她打开这扇神奇的大门。她不仅学到了安宁的理念，学到了服务的技巧，也在不知不觉中逐渐走出阴霾，开始蜕变与重生：乳腺癌复发，她坦然面对；过往人生中的委屈、怨恨，她一个个放下；她开始欣赏自己、鼓励自己、爱自己，并且决定只做自己喜欢的事……六十岁以后的徐舒，开始重新拥抱生命，她的文字也因此充满了对生命和生活的热爱。而她患有阿尔茨海默病的老父亲，也因为她的学习与成长，平静、安详，甚至舒适惬意地完成了从此岸到彼岸的过渡，让我们看到：死亡，竟可以如此安详而美好！

我听过徐舒的故事后迫不及待地联系她，希望她将其写出来，因为这不仅是一个有关安宁疗护的故事，也是一个人通过成长走出人生困境的故事，是一个关乎“死”的故事，更是一个关乎“生”的故事。从妈妈在ICU里孤独去世而留下心理创伤，到接触安宁疗护的理念并成为志愿者，再到勇敢面对自己的死亡，陪护父亲安然平静离世，徐舒的成长，真实而有力量，它不仅会颠覆人们对死亡的认识，也让我们看到生命的奥义：唯有冲破对死亡的恐惧，生命才会自由！

同时，这个故事也映射出中国安宁疗护事业的成长：“优逝”、死亡质量、生前预嘱、安宁疗护，渐渐成为社会关注的话题；越来越多人，包括医生、护士、社工、心理工作者、志愿者，加入安宁团队；安宁疗护事业从一线城市扩展到三四线城市，从医院病房扩展到社区和家庭……新的可能性、新的希望，正在改善死亡医疗化、技术化的困境，让善终不再是一种奢望。

2023年3月20日

推荐序 2

秦苑

北京市海淀医院安宁疗护科主任

死亡是大恐惧——世人往往讳莫如深、缄口不谈，唯恐避之不及，似乎这样它就不会到来，我们便可以逃开这永恒而必然的归宿。

然而，我们注定会与死亡不期而遇。

拿到徐舒老师的书稿，我的思绪一下子被拉回到 2019 年的某一天：在海淀医院（以下简称“海医”）安宁病房的活动室里，志愿者们正在准备例行病房服务前培训，主管张薇为我介绍一位戴着头巾的中年女士：“这是你的邻居徐舒，今天第一次来病房参加志愿者服务。她擅长摄影，愿意尝试用镜头记录下我们的服务过程。”

我看到她胸前挂了一个硕大的相机，坐在正在进行培训的志愿者圈外，表情微僵，眼神游移，动作拘谨。我看出她的紧张，朝她点头微笑表示欢迎。不过自那以后，我再在病房看到徐舒老师时，她的表情已经逐渐生动、舒展、放松下来；她还曾多次给安宁病房捐赠摄影作品和办公用品。

直到 2020 年 3 月，我在海医安宁公众号上读到徐舒老师写的《死亡，真的是一件绝对负能量的事吗？》，才了解到她原来经历过那么刻骨铭心的丧恸，自己还是一位乳腺癌患者。在加入安宁疗护志愿者团队后，她就像一块吸水的海绵，如饥似渴地投入了安宁疗护相关知识的学习中。在不断学习与践行安宁缓和医疗的过程中，我们见证了她如何一步步疗愈自己，蜕变为一个温暖而有力量的助人者，陪伴并帮助父亲善终；如何在得知癌症疑似复发的情况下，依然能保持内心的淡定；如何在坚持传统治疗的同时，活出自己的那份自信、那份旺盛和蓬勃的生命力。

原来，在陪伴临终者、学习如何照顾处于生命末期的同伴时，我们也能够从他们的生命故事中思考什么才是人生中最有价值的东西，以及如何才能更好地迎接终点，进而帮助自己摆脱对琐事的纠结，活出意义。人总是在一步步直面和接纳死亡的过程中，放下恐惧、开启智慧、获得自由，最终实现“向死而生”。所以我们在支持他人的同时，也是在成就自己。

在陪伴、照顾临终者的过程中所获得的深度联结，使我们有机会体验到“每一个人都是广袤大陆的一部分”，并得以窥见先人所说的“生者寄也，死者归也”“原始反终，故知死生之说”的境界。当真正了悟“万物一体”之时，我们是不是就能够与生生不息的宇宙同在，超越死亡，获得永生？

书中写到，徐舒老师得知自己乳腺癌疑似复发后，曾平静地向家人交代：“如果我身体不适或者出现了在家里不能解决的状况时，要送我去我服务的海医安宁病房，在那里我的不适会得到缓解，还有安宁团队伙伴的温暖陪伴，我会走得很安详。”读到这里，我的视线顿时模糊……原来安宁缓和医疗那么重要，愿每一个生命都能得到善待，勇敢地活出自我。

2022 年 9 月 3 日于北京

推荐序 3

宁晓红

北京协和医院缓和医学中心主任

认识徐舒老师，是在北京协和医院面向社区卫生服务中心开展的安宁疗护公益培训讨论会上。她以安宁志愿者的身份为我们的活动摄影。那天结束时已经是下午五点多，徐舒老师说她家在房山，要花两个小时才能赶回去……除了赞佩和感谢，我的内心还涌起了一个疑问：是什么力量让徐老师愿意付出这么多?

我在这本书中找到了答案。

虽然我早就知道徐老师是一位热心的安宁志愿者，但通过徐老师的讲述，我对她和她的人生有了更完整的认识——书中包含了一名教师、设计师的人生轨迹，既有工作、生活、家庭，也有蕴含其中的欢乐和苦难。我一边读一边流泪、惊叹、反思：徐老师对亲人的情感与付出让我流泪；她生活中遇到的坎坷和挑战让我惊叹；她面对疾病和死亡的态度和勇气让我反思。

书中最震撼我的是徐老师母亲生病并痛苦离世的情景；最让我感叹的是她帮助父亲安然离世的过程；最让我钦佩的是她面对女儿时的洒脱；最让我羡慕的是她遵从内心、从心所欲的勇气。

在人生的旅程中，每个人都会不断成长，希望我们都能在生命即将画上句号时对自己说：我的人生是有意义的，我的一生没有遗憾。

希望我在遇到困难的时候，可以有徐老师或者像她一样的人在身边帮助我，也希望我自己能够成为这样一个值得依靠的人。

2022 年 8 月 6 日

自序

我是徐舒，曾经是大学教师、服装设计师；而现在，我是一名为生命末期患者服务的安宁疗护志愿者。

我成为安宁疗护志愿者，源于母亲肺癌末期，病危住进ICU，并以极端痛苦无助的方式走向死亡的经历——那是刻骨铭心的噩梦！

2016年，我跟大多数人一样，认为家人病危时送他们去医院急救才是最好的选择。但是重症病房不允许家人陪伴。一道门，隔绝了母亲与家人的联系。她的手被绑在病床上，连翻个身都不可能，空调的风呼呼吹着，她很冷，也很痛。漫漫长夜，母亲独自忍受着钻心的疼痛，痛到中风、不能言语。她孤独无助地面对即将到来的死亡，来不及也没机会跟家人道别。

2016年7月22日凌晨，母亲在ICU孤独离世。

面对母亲受难而自己却无能为力，这种深深的无力感令人崩溃。我久久地想象母亲一个人在漫漫黑夜中孤独地走向死亡，那是一种仿佛被亲人抛弃的绝望与凄凉。母亲死得痛苦、孤独、没有尊严，这让我对当初送她来医院的决定感到深深的悔恨。我陷入自责、悲伤中难以自拔。

母亲死亡的经历击碎了我“送医院抢救才是孝顺”的从众认知，现实的体验是：送母亲进 ICU 等于让她孤独赴死。我悲凉地问自己：难道我们每个人到生命最后，都只能以这样痛苦又无助的方式离开吗？！如果要这样面对死亡，我宁可不去医院救治！

就在母亲离世半年后，我得了癌症，必须面对自己的死亡。而我不想像妈妈那样痛苦、孤独地死，也不想有一天让父亲这样死。那么，还有其他的死法吗？

在寻找的路上，我遇见安宁疗护，并为一己私利，削尖脑袋成为志愿者。

在海淀医院的安宁病房里，没有以往母亲住院时忍痛哀号的患者。这里的癌末患者，身体的不适症状得到控制，精神层面得到专业心理团队的支持，他们本身也是安宁缓和照护方案的意见参与者。在这里，患者个人意见被充分尊重——安宁病房的秦主任跟患者常说的一句话就是：“在这儿您说了算。”在这里，允许家人陪伴，让患者过有品质的生活：缓解了身体不适的问题，患者吃得下、睡得着，还可以跟志愿者聊天、下棋、打牌，享受志愿者洗头、理发、芳香呵护等服务；在这里，医护态度和蔼、温暖，他们与患者及其家属保持着顺畅的沟通。

安宁团队在每位患者人生谢幕之前的有限时间里，协助患者寻找生命的意义，为其创造与亲人温暖陪伴、四道人生（彼此道爱、道谢、道歉、道别）的机会，助力家属完成患者未竟的心愿。他们努力让每一位患者生命的落幕，都成为生命成长与生死两相安的升华，让每个处于生命末期的患者都被珍惜、被呵护、被暖暖的爱包围和陪伴着。那种感觉就是：他们真幸福啊！

嗯，这就是我要找的地方！

成为志愿者，让我有机会了解、学习、尊重并思考生命与死亡，探究、接纳、敬畏与臣服，而不再恐惧死亡。因此，也让我从容地为自己的死亡做好准备，把每一天都活成自己想要的样子。

我还学习了芳香呵护的技术，在为患者服务的同时，也默默为自己和家人积累经验。

我最大的心愿就是不再让父亲重蹈覆辙，我要用学到的安宁理念和芳香呵护技能给父亲一个温暖祥和的善终。我是这样想的，也是这样做的。2021 年 4 月 30 日，父亲在我的陪伴下，安然平静地离世，享年 94 岁。

看着父亲平静、舒适，甚至称得上惬意的死亡过程，我没有悲伤，却有着对父亲的羡慕和小小的成就感。我羡慕父亲有我这个学了安宁缓和理念的女儿，陪伴他安全舒适地从此岸到彼岸。不知道自己是不是有幸可以像父亲这么安然离去。我感到欣慰，因为我的学习成长，才能在父亲离世前心有章法、手有技能，帮助父亲善终。

死亡，直到今天依然是人们所避讳，并被污名化的话题。但死亡却总是如影随形地相伴在侧，一刻也不曾离开。死亡，一定等于痛苦、孤独、无助、恐惧吗？在安宁病房的所见，以及亲身用安宁理念帮助父亲善终的实践，给了我答案：死亡，可以是温暖、安详、有尊严，甚至是惬意的。

安宁理念与生死教育培训是我人生的转折点，将我从深陷负罪感、悲伤得不能自已的状态中救赎，让我得以重新拥抱生命，活成一个全新的自己。我成为一个心态平和、从容祥和的人；成为一个懂得爱自己、欣赏自己的人；成为一个更加包容、尊重他人的人；成为一个更善于发现世界美好的人；成为对死亡充满敬畏和好奇的人；成为可以给临终患者温暖关爱与生命陪伴的人。

死亡如出生一样，本应是人生最神圣的时刻。谁不希望自己可以如好好出生一样，好好地死去呢？有人说，帮助一个人好好地离世，是这个世界上最美好的善意之一。我很幸运，也很感恩能够有缘成为安宁疗护志愿者，让我自己和家人都从中受益。

2021 年 7 月，应协和安宁缓和医疗学科带头人宁晓红老师之邀，我在协和安宁缓和平台为安宁缓和医疗的医护、学生、志愿者分享我的生命故事——用安宁理念送父亲善终。

陆晓娅老师听过之后联系我，建议我把这些内容写出来，分享给更多人。她说这是一件对他人有帮助的事。我也很乐于尝试。于是，我与晓娅老师推荐的刘汝怡编辑见了面。在两位老师的鼓励下，从未想过提笔写作的我鼓足勇气，以认真而诚恳的心拿起了笔。

在这本书里，我分享自己作为患者家属、患者、安宁疗护志愿者的成长经历，希望可以引发读者对死亡与生命成长的更多思考，促进大家对安宁疗护的了解。

没有对死亡的恐惧，生命才是自由的，我们才能无忧地活着。那么，我们想要怎样的死亡呢？为提升自己及整个社会每一个临终人士的死亡质量，小小的我们，可以做些什么？

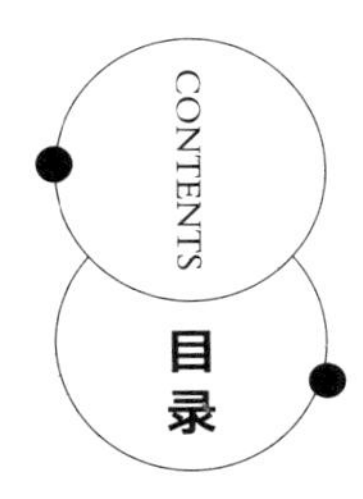

推荐序1 // 01

推荐序2 // 07

推荐序3 // 11

自序 // 13

第一章

我对死亡的认知——从无所畏惧到惊恐无助

1. 小孩子起初是不害怕死亡的——死亡是游戏 // 002

2. 真正接触死亡是从小动物的死亡开始的 // 003

3. 儿时，令我印象深刻的人类死亡 // 007

4. 僵尸与厉鬼的故事，让天不怕地不怕的我谈“死”色变 // 015

5. 老董太太死了，我的猫也死了 // 027

6. 家庭和社会对死亡的污名化 // 039

第二章

现实中，很多人未能善终

1. 姥姥死在医院的走廊里 // 049

2. 用机器维持姨父的生命——不肯放手之痛 // 053
3. 三姨选择自主控制死亡进程 // 057

第三章
母亲坦然面对癌症，却没逃过痛苦的死亡

1. 她的生命她做主 // 062
2. 帮妈妈完成心愿 // 065
3. 身体逐步衰弱，特别依赖家人 // 075
4. 生命末期将至，刺激母亲的求生欲 // 081
5. 妈妈的第一次病危通知与生存奇迹 // 082
6. 一段美好时光 // 086
7. 妈妈身体断崖式恶化 // 088
8. 再次病危，被剧痛折磨 // 091
9. 来不及告别 // 096
10. 什么都不是我们想要的——悔恨与自责 // 098
11. 不想像妈妈那样死 // 101

第四章
我的至暗时刻

1. 自责和负罪感 // 104
2. 没有让父亲与母亲告别所导致的结果 // 105
3. 我们被深埋内心的悲伤击垮 // 108

4. 我也得了癌症，以及意外“收获”// 113
5. 寻找更好的死亡方式——遇见“海医”安宁 // 121

第五章
生死教育是一场救赎

1. 王扬老师的生死教育心理课 // 130
2. 与母亲的告别仪式 // 133

第六章
生死教育对我的滋养

1. 生死教育课启发我思考生命与死亡 // 138
2. 学习芳香心灵呵护，修炼内心 // 140
3. 读书、参加各平台的学习 // 146
4. 每一位临终患者都是我的老师 // 153

第七章
我的癌症复发了？

1. 疫情期间发现异常 // 178
2. 自救、住院治疗 // 179
3. 去医院复查——被“判”晚期乳腺癌 // 182
4. 为死亡做点准备 // 184

第八章

好好爱自己

1. 心理层面的滋养——自我疗愈 // 192

2. 好好爱自己，给自己灵性关怀 // 211

第九章

用安宁理念送父亲安然离世

1. 父亲未完成的心愿 // 224

2. 父亲的临终 // 239

第十章

墓地还是大海 // 253

第十一章

活成自己想要的样子

1. 修复关系，与家人和解 // 258

2. 从爱好中获得滋养与快乐 // 260

后记 // 267

| 第一章 |

我对死亡的认知
——从无所畏惧到惊恐无助

❶ 小孩子起初是不害怕死亡的——死亡是游戏

我的儿童时代还没实行独生子女政策，每家都有好几个孩子，我家只有哥哥和我两个孩子都算是少的。我们住在东北师范大学教工宿舍区八大宿舍之三舍的 103 和 107 两间大约十平方米的房间里。八大宿舍矗立在方花岗岩铺成的自由大路两侧，是伪满洲国留下的建筑。

那时的父母都忙于工作——全民认知：革命工作第一位。

孩子基本都是散养。大人孩子各忙各的。孩子们上学放学都成群结伴而行，没有家长接送。放学后孩子们找合得来的一起疯玩儿：男孩子模仿江湖或战争打打杀杀、弹琉琉[1]、扇啪唧[2]、去一些地方猎奇；女孩子跳皮筋、扔口袋[3]、过家家……

孩子们对生活的模仿丰富多彩——其中也包括死亡。死亡发丧，我们小时候见到过摔盆儿、打幡儿、吹喇叭、哭丧，

---

1 即“弹玻璃球”。（本书注释均为编者注）

2 一种有各种人物或动物图案的圆纸片（用手扇打正反面而决定胜负）。

3 即打沙包游戏。

很是热闹。对他人的死亡，孩子们感受不到悲伤与恐惧，而更多是好奇、看热闹，甚至模仿。

我们玩装死，还比谁能装得一动不动，更像个死人。“死人”脸上盖一张旧报纸，其他孩子在旁边呜呜哇哇地“哭丧”。一般都是大孩子指挥小孩子“哭丧”，把小朋友指挥得团团转，玩儿得不亦乐乎。

如果被大人们看到，我们就会被吼骂着一哄而散，或被踢着屁股滚回家。大人们越忌讳的事，孩子就越跃跃欲试，越想偷偷干，只要家长看不见，就继续嗨。

在电影和小人书里，被杀的人如果还喘着气，就会被补刀或补枪，相反，能一动不动屏住呼吸的就能侥幸活下来。聪明的孩子们就商量着：假如再遇到战争，如果能屏住呼吸保持不动，是不是就有机会在杀戮中活下来。

于是，我们便尝试练习屏息——尽可能看不出胸部起伏地悄悄换气。而我每次练习时都会感觉嗓子发痒、想咳嗽，伙伴们嘲笑我肯定会被补枪！我一边想象自己可能遭遇补枪的疼痛，一边嫌弃自己一屏息就咳嗽，这一场景深深地印在了我的记忆里，以至于长大后遇到紧急情况时，我还会下意识地控制呼吸，努力忍住咳嗽。

② 真正接触死亡是从小动物的死亡开始的

我小时候养过一些小动物，最初是一只小麻雀。

男孩子们淘气掏鸟窝，鸟妈弃窝逃走，留下毛还没长全的小麻雀。淘气的孩子把其中还活着的一只给了我，说看看能不能养活它。

爸爸用冰糕棍削了一个小小的竹片饭勺，将小米泡在水里，让我喂养它。我一勺一勺喂它长大，等到它羽毛丰满时，我带它出门，向上扔它，练习飞行。慢慢地它会飞了，飞累了就落在我肩上。无论我走到哪里，它都在我左右；无论我怎样，都有一个不嫌弃我的伙伴陪伴着我。那段时光很美好，我洋溢着小幸福、小得意。

同学的哥哥养了一只花猫，他想让花猫长长见识，看看猫见了麻雀会怎样，还骗我说他家的花猫是个“美女”，不凶。

我不同意！

有一天我在院子里的石桌上撒小米跟麻雀玩儿，他偷偷抱来他家的猫。他没按住，那猫突然扑过来就咬，我的小麻雀死了。我撕心裂肺地号啕大哭，他也吓傻了。

这是在我小小的人生里，第一次体会到无力回天和痛彻心扉的感觉——那是一种绝望。我是它的一切，它是我呵护的宝贝，我却眼睁睁地看着它在我手里死去！我知道哭也救不活它，但我太伤心，哭得几乎缺氧，快要背过气。

爸爸下班回来听闻此事也觉得很惋惜。他说：“麻雀已经死了，我们把它埋葬了吧，让它安息。”我家住一楼，窗外有个小院子，我找了个小纸盒，又用报纸给麻雀做了枕头、盖了被子；爸爸带我给小麻雀挖坑下葬，还堆了小小的坟头，立了一支冰糕棍，无字。

我经常在小麻雀的坟边悄悄落泪，觉得自己没保护好它，常常想到它在生命的最后一刻，面对花猫的血盆大口该有多么恐惧。我恨那只花猫，恨同学的哥哥。

同学的哥哥因为这件事被他父亲暴打一顿，还被拎过来赔礼道歉。

我难以原谅他，哭得泪流满面。他看我这么伤心，非要把他心爱的美女花猫送给我。我不要，我恨它。同学哥哥说这只猫有小宝宝了，让我先养着，等生完小宝宝，就把猫宝宝都给我，等大猫养好小宝宝再回家，用一窝小猫补偿我。

于是这只黑白黄红花色的美女猫就成了我的临时宠物，我们彼此的关系冷冷的。她有一双非常漂亮的大眼睛，真的很美，像现在的布偶猫，但花色更好看。她经常跑回同学哥哥家，又被送回我家，慢慢地就在我家住下了。

她生了一窝小猫，共五只。但我不会养猫，过早喂它们吃肉，撑死了两只，伤心地埋了。

有一天，她外出被几个男孩子追，弹弓打瞎了她的一只眼睛，她回来后默默走到床底下，趴下就没再起来。我又一次伤心落泪，院子里又多了一座坟墓。

美女猫妈妈死了之后，三只小奶猫没了依靠。爸爸给我做了猫咪小奶瓶——在青霉素空药瓶的胶盖中间打个孔，再用自行车的气门芯胶管插进瓶子；我又用妈妈给我和哥哥买的一瓶鲜牛奶作为小猫咪的口粮。除了给小猫咪喂奶，我还要帮它们擦眼屎、擦嘴巴，忙得不亦乐乎。小猫长大能吃点肉汤拌饭了，有同学喜欢，我就喊她们来家里选，其中两只漂亮的被选走了。我不记得当时为什么会把它们送人，总之最后剩下一只黑狸猫，我就自己养着了。

黑狸猫跟我很好，每次跟她说话时她的回答都是：du？爸爸就管它叫“犊子”，这个名字就延用了下来。犊子从小跟着我，有样学样：我睡觉枕枕头，她也过来枕枕头；我吃硬糖，她也跟我抢，还咬得嘎嘣嘎嘣的；我生吃黄瓜，她也要，还吃得有模有样。无论她在哪里，只要我喊她，她就会来到我身边，跳到我肩上蹲着。她是我年少时的伙伴、朋友。但是她不会捉老鼠，见到老鼠很无措、很害怕。我爸说，她已经失了猫的天性。

周围其他孩子家里还有因为下雨死掉的小鸡、换水死掉的鱼。我们都模仿大人的样子，将它们埋在师大三舍的院子里，给它们堆起一个个小坟头，插上一根根树枝或者冰糕棍做墓碑。大孩子还会召唤小孩子模仿着丧事给小动物的墓碑磕头、洒酒。这既是过家家，也是我们表达哀伤、跟死去的宠物告别的方式。

大孩子说，人和动物停止呼吸就是死了，而且死了就是离开我们不再回来了。为此，我还观察过猫、鸡、鱼，的确是停止呼吸就死了。但毛毛虫、蚯蚓不呼吸之后为什么没死呢？

儿时遇见死亡会伤心、落泪，那是对小动物深深的情感与不舍，但不会恐惧。

死亡，只是一种自然现象。

❸ 儿时，令我印象深刻的人类死亡

（1）一口痰

学前？一九六几年？具体时间记不得了。我目睹过姥姥邻居家一位老奶奶因为被一口痰卡住气管，从拼命呼吸直到死亡的过程。

那是吉林市昌邑区的一个平房大杂院儿。院里一位奶奶病了，女儿带着外孙女回来看望她。女儿刚走，她又病危了。邻居们说已经派人去追她女儿回来看她最后一眼。

这位奶奶住在儿子家。家里墙上到处是手指按死臭虫的血印——我窜到人家家里、院子里看热闹，有小孩儿指给我看的。

不知道是风俗还是儿子不孝顺，她人还活着就被家人放在当街开阔处搭的床板上等死。

她身上盖着被子，胸口压了一根直径大约 10 厘米、长度约为 60—70 厘米的树段（应该是烧火用的劈柴）。我一直觉得是这根棍子严重阻碍了老奶奶的呼吸，她需要很用力才能鼓起胸吸进一口气。

走近了发现，她嗓子里有一口浓痰。她几乎使出全身的力气呼出一口气，那口痰就冲破一个五分钱硬币大小的洞，然后再拼命地吸气，吸气时那个被冲破的洞又变小很多。我不知道她为什么不用鼻子呼吸，而是如此费力地用嘴呼吸，我还一直担心这根木棍对她而言会不会有千斤重。她儿子一家在旁边静静地看着，等待着她的死亡。而她在努力呼吸着、呼吸着……她不想死。

我当时好想找一根小木棍递给她儿子，帮她把那口痰挑破，让她活下来。然而在我找木棍的时候被一个大人打了一下头，他厉声喝道："你干啥？滚一边去！"记得当时那个奶奶眼珠朝我这边转了转。但我害怕挨打，只能老实地继续看着。

看热闹的人很多，在距离老奶奶床板两三米远围成一个圈。我个子小，就近距离地看着她，看着她由奋力地呼吸慢慢变得因没有力气冲破那口痰而咽气。

大人们说，她不肯咽下这口气是因为要等女儿和外孙女回来。但当她们赶到时老奶奶已经离世了，女儿号啕大哭，儿子开始忙着办后事。

那时的我，没有恐惧，只有好奇。我一直想不明白，为什么她的家人不帮她取出那口痰，如果没有痰，她会不会多活一段时间跟女儿和外孙女见最后一面？

此后，她奋力冲破一口痰的画面经常在我脑海里出现。莫名地，我高考报志愿时想学医，却被妈妈阻拦了，她说学医接触死亡，很晦气。

成年后，我第一次在医院见到吸痰器时，瞬间想起那位奶奶——如果那时能给她吸痰，她就能见到想见的亲人了。甚至在看到电视广告里搅蜂蜜用的、带一条条横沟的搅拌棒时，我也会想着这个东西特别适合帮那个奶奶把痰绞出来。

我还记得她咽气后的一段时间，有虱子、臭虫纷纷从她身上爬出来，爬下床板。我个子矮，它们正好在我眼前爬过。我忽然间被不知道哪个大人拎着衣领拽到了后面，他说："你不怕臭虫爬到你身上啊？！"

印象极其深刻的一件事：吸血的虫子不跟死去的生命在一起（我代养的花猫死时，我也看到它身上的跳蚤纷纷离开）。

然后，下雨了，我跑回姥姥家……

（2）逃学的秘密

1966 年、1967 年，我不到十岁。学校不断停课又复课，反复折腾着。我不喜欢上学，便模仿大孩子逃学。逃学这种事紧张且刺激，我乐在其中。

有一天，我在一个荒废的动物园——长春老虎公园里瞎逛，与一个同样从"农场"跑出来的人相遇。在这几乎荒芜的老虎公园里，我们互问对方为什么来这里，回答都是"逃学"。

他告诉我，他是东北师范大学的教授，因从国外回来的经历而被送去"农场"学习。他强调，他是本分教书的好老师，用知识报国的好人。好吧，他是好人，我是个逃学的坏孩子，我想。

东北师范大学和妈妈所在的东北师大附中以及我所在的东北师大附小，都是东北师范大学"系列"，所以我对他自然生出一种亲近感。在他提到他认识的人里也有妈妈认识的，于是我就开始放心地跟这个“逃学”的人聊天。

他的家在师大一教宿舍区，那是伪满洲国时期日本人留下的一片建筑群，米色的二层小楼，每栋楼大约住四至六户，楼梯突出在楼体外，呈圆柱形盘旋而上，圆柱的柱面正中有个像碉堡射枪眼的小窗。

他说他家被封了，他想回家取几本书，但门上被贴了封条，打开封条是犯错误，会被批评甚至挨罚。但他发现家里有一扇窗户没贴封条，窗子是从里面锁上的，外面打不开，只有通风的小窗开着，而那扇小窗只有我的小身躯可以钻进去。他问我，可不可以从小窗进去，帮忙从里面打开大窗，他进去取了书就走。我觉得这很刺激，就答应了。

我们一起去他家，在二楼。我们走到二楼走廊前，他在没有贴封条的一扇窗前停下，那扇小窗估计也就 35cm×25cm 大。他抱起我，把我从换气的小窗户塞进他家，然后我从屋里打开稍大的那扇没贴封条的窗让他爬进来。

他的家里，所见之处都是书！大部分是外文的。他给我看他写的著作，但英文的我看不懂。他激动地讲他义无反顾回到祖国的报国梦想，还朗诵了他决定回国时写的一首诗。而我当时贪玩儿，目不暇接地探寻着他的家，根本没听明白他表达的是什么。

他悻悻地挠挠头，对我说：“你不该逃学，你得学知识，有知识才能好好建设国家。”我正享受着逃学的快乐与自由，他的话自然是听不进去的。

他选了几本书，给我讲这些书说的是什么，大致是宇宙物理云云。比如，在浩瀚的宇宙中，我们人类其实很渺小，比尘埃还小，转瞬即逝……他滔滔不绝地讲，我东张西望地看热闹。他特别希望我能对这里的一些书感兴趣，而我却完全无感。他说下次早点来，挑几本，他给我讲讲基础，才可能选到适合我看的书，大概是想让我从此能对读书和科学感兴趣。

他当时那么兴奋地给我看他的著作，一定也告诉过我他的名字，但我啥也没记住。

他说出来太久了，担心逃学被他“老师”发现，便急匆匆地要赶回去。他叮嘱我，偷偷爬回家这件事是我们两个人的秘密，我要保守秘密。我同意，并保证不告诉别人。他还说，虽然我也是因为逃学才遇见他，还帮助了他，但他还是希望我好好上学。我说我学习不好，妈妈不喜欢我，学不学习无所谓。他却认为我很有灵气、很有能力，以我们沟通和做事中我的表现为例，说我挺聪明的，只是没有找到自己感兴趣的方向而已。这是第一次有人说我聪明，我有些激动，甚至打算相信，但想起作为笨孩子的过往，这点兴奋转瞬即逝。

我们约定了下个月见面的时间，他说要给我讲课，还要到他家给我选几本书。如果愿意听故事，他会再找时间去老虎公园给我讲讲自然和宇宙。他还提醒我，在我们约定的时间里，万一他失约没来，一定就是他“逃学”不成功，如果我等到中午肚子饿了他还没来，就停止等待立刻回家。这感觉就像间谍片一样令我兴奋。

在下个月约定好的时间，我去老虎公园等了很久都没有等到他，肚子饿瘪了，便起身去他家附近转转。到了他家楼下，我发现他家的房门打开着，有人在往里搬家。他的书和其他生活用品堆在楼梯外的路边，有人在一本本地把书抖开，像是在翻找什么。

我愣愣地，不明白这是怎么了。从围观的人那里听说，他死在了农场，房子被分给了别人……我当时脑袋里嗡的一声！一段时间什么也听不见了。怎么就死了呢？说好的见面、讲故事呢？

我一直保守着这个秘密，没有对父母或其他任何人说起过这段经历。倒不是因为小学低年级的我多么诚信，而是因为说出来，我逃学的事情就败露了。这个秘密在我心里留下许多未知与哀伤。我常常想起他，想起他家带炮楼的楼梯、他高度近视的眼镜，期待他给我讲大自然的故事，而我却不知道他的名字。

从此，只要复课，我便不再逃学了。当年因逃学、淘气而被家人和邻居嫌弃的我，有太多机会成为破罐子破摔的坏孩子。直到遇到这位教授和其他给过我温暖的人，我才有力量相信自己可以是个好孩子。

从那以后，仰望星空成为我自我安慰的法宝。每当感到委屈时，我总会想起他说的，人在宇宙中是多么渺小。我看着星空，想着在浩瀚的宇宙里我连尘埃都不是，转瞬即逝的生命还忙着委屈？这都不算事儿！

这样的自我安慰伴随了我一生，也影响着我的一生。生活再不顺，我也总能看着璀璨的星空，让自我化作尘埃，排解烦恼；总想在生命里像星星那样把自己灿烂的一面展示给他人。那浩瀚的宇宙、璀璨的星空，是我心中的一片清净与安宁。

感恩曾经遇见的这位不知名的教授，他是我人生的一座灯塔，照亮过我迷茫浑噩的时光，给我留下聊以慰藉的璀璨星河。

（3）救过我的漂亮阿姨死了

还是在那个年代，学校停课，孩子们无所事事。

有小伙伴跑来告诉我，在东北师大八大宿舍区的八舍，有两口子“牛鬼蛇神”自杀了，她拉我去看热闹。这是一对海外归国的教授，他们不堪忍受羞辱，双双服安眠药自杀。

他们的家在一楼，家里收拾得一尘不染，连床单都干净平整。两个人并肩安详地躺在床上，像睡着了一样。一楼窗台矮矮的，房间的地面比户外的凹进去一些，床挨着窗户。窗户大开，围观的人议论纷纷。我站在窗外，低头看着他们安静的样子，脑子一片空白，什么也听不见。

我就这么傻呆呆地看着那个阿姨。她被剃了“鬼头”，穿的毛衣里面露出了那个熟悉而美丽的格子衬衫的领口。我突然意识到这个阿姨我见过！有一次下大雨，我偷偷拿了家里的雨伞，一个人出来玩儿水。雨很大，大到分不清马路、便道、绿地，目之所及一片汪洋。我穿着爸爸的高筒雨靴玩儿得很嗨，却不知水面下的区域有个因雷雨导致塌陷的大坑。我跑着跑着忽然滑入坑中，身体一歪失去了平衡，泥水瞬间到了我的腰胸之间，而脚还在继续往坑中间滑动。

我吓懵了，至少是吓哭了，喊出了声。正巧这位阿姨经过这里，发现了我。她迅速收起雨伞，并将伞把递给我，用力把我拉出水坑。她看我吓得直哆嗦，问我家住在哪里，然后安慰我说："没事了孩子，你看见原本在马路两边的大树了吗？你往两排大树中间走，从大树向内两米就一定是安全的，你可以踩着坚实的马路走回家。"她还嘱咐我以后不要一个人出来玩儿水，太危险，万一出问题都没人帮我喊家长。

我不记得当时有没有说过谢谢她，因为的确有点吓傻了。但我记得她拉我出水时，她那漂亮的格子衬衫很快被雨水打湿。那个年代很少有人穿这样漂亮的衬衫，大多数人是用一小块漂亮的花布或者格子布做个假领子露在外面，而阿姨的衬衫是一整件的！所以我印象很深刻。

那个塌陷的泥坑依旧在她家所在的八舍和自由大路之间，现在早已经干涸。而救过我的美丽阿姨被剃了"鬼头"，安静地躺在这里，再也醒不过来。我是个爱哭的孩子，从小被哥哥说是"哭吧精"，可我却只能强忍汹涌的泪水不敢哭出声，怕别人说我同情"牛鬼蛇神"，泪一流出来，我就立马用袖子擦掉，谎称自己眯了眼睛，藏到大人身后。

我真的很难过，就是想不明白曾经像雷锋一样救过我的阿姨，为什么会成为“牛鬼蛇神”？在我心里，她是和蔼可亲的好人。当时围了很多人说三道四，而我，却不敢把她救过我的事说出来，不然就会被很多人排斥，也不能加入红小兵。在我小小的心里，有很多迷茫、纠结与惶恐。

4 僵尸与厉鬼的故事，让天不怕地不怕的我谈“死”色变

（1）我曾经是天不怕地不怕的淘气包

我成为淘气包，源于妈妈对我的放弃。

妈妈毕业于东北师范大学数学专业。她是学霸，男生不努力都学不过她，而她外号“老猫”，上课经常趴桌子睡觉，期末考试却依然是前三名。

妈妈大学毕业后被分配到刚成立的东北师大附中任教，起早贪黑地陪着高中的学生备战高考。记得当时我很小，妈妈带着我去陪学生上晚自习。妈妈教的学生都很出色，纷纷考上了北大、清华、哈军工，他们都是妈妈的骄傲。

妈妈一定希望自己的孩子也能像她的学生那样出色，她还固执地认为，能学好数理化的人才是够聪明的。哥哥继承了妈妈的基因，数理化学得很好，妈妈很欣慰。而我却对数学完全无感，妈妈有些接受不了自己亲生的孩子数学能力竟然这么差。

看到妈妈失望，我内心很惶恐，怕会失去妈妈的爱。但越是这样越紧张，脑子浑浑噩噩的，更不好使。我内心很排斥数学。我也曾偷偷尝试努力一下，但发现我是真的学不进去、看不懂！这对我打击很大，觉得学不好数理化就可能失去妈妈的爱，但我又真的不是这块料，因此我很痛苦。

上小学时，我家住的三舍楼里各家轮流收电费。轮到我家时，妈妈明知我算术不好，却仍然喊我去收电费、找零钱。我本来对心算就很怂，越紧张越算不出来。妈妈的良苦用心不仅没有刺激我越战越勇，反而是让我越来越怂，甚至一生都对数学很反感。因为这是令我看到自己无能的学科。

而高考时，妈妈偏偏自作主张，给当时对绘画很有感觉、想报考美术专业的我不由分说地报考了东北师大数学系，我当时那叫一个绝望！在强势的妈妈面前，我没有选择权，就特别希望高考落榜，然后去当个工人。在得知被数学系录取时，我哭死的心都有了。

唉！亲妈，她这是恨铁不成钢。

对，后来我成为大学的数学教师，是真的。我硬着头皮逼自己胜任工作，但的确一点也不喜欢。教书十一年，还差两个月就可以提高级职称时，我却毫不犹豫地决定辞职。因为那段时间，我看到数学作业就会反胃；想到每天要去讲课，就会产生想生病请假、消极怠工的心思。我怕再干下去会误人子弟。

学数学四年，教数学十一年，我人生最好年华中有十五年都在做自己不喜欢的事，只为了满足母亲的心愿。我坚持不下去了。

我跟母亲说我想辞职，哪怕出去卖煎饼果子，都不想继续在大学里教数学了。她落泪了，说她当年该让我按照自己的意愿，学我喜欢的艺术类，哪怕大学毕业前不阻拦我去长春电影制片厂，我的人生都可能会更好（长影的老演员达奇老师听过我在长影与师大附中的联欢会上唱歌，说我适合唱电影插曲，两次动员我去长影培训，成为歌唱演员，但妈妈不同意）。

妈妈反省自己，承认当初的武断害了我，并支持我辞职。但这都是后话了……

妈妈对我小学时的学习能力不抱希望，就把注意力都放在了培养哥哥上。看到妈妈耐心地辅导哥哥学习时那种母子头碰头、亲切低语的画面，我心里还是很吃醋、很不爽的。

大概是为了刷存在感、引起父母的注意，我便发挥自己动手能力强的特点，变得特别淘气，而且变着花样，势必要淘出一定影响力。

我差不多是我们楼里最淘气、最不让父母省心的孩子。很多家长都告诫自己的孩子不要跟我玩儿。淘到啥程度呢？上房、上树、下菜窖偷萝卜、逃学……总之就不像个女孩子，甚至比男孩子还淘。

我在路灯下灵巧地避开蝲蝲蛄的大钳子，一晚上抓满满一水壶送给养鸡的人家。水壶装蝲蝲蛄是我的发明，打开盖子扔进去，盖上盖子后壶嘴既透气，还不会让它们爬出来，壶把一只手就能拎着，很方便。就是晚上回家我爸想烧水时，接了水发现壶里脏脏的，便免不了骂我或者揍我一顿。

当年三分钱一根的冰棍就是香精白糖水冻的，对我而言却是天下美味。我曾经想过，谁能让我吃冰棍吃个够，那他一定是这个世界上对我最好的人。为了吃冰棍，我把家里铅皮牙膏的膏体挤干净，将牙膏的铅皮以 3 分钱卖给收废品的小贩，再用这些钱买冰棍或者换小人书看。

武斗期间我家楼两侧有两派枪手互射。当时孩子们手里能有几颗子弹壳是很值得炫耀的。男孩子攒起来做枪、做坦克，女孩子用子弹壳吹哨。有同龄的孩子冒险去机枪附近捡弹壳，被对射的流弹打死。出于安全考虑，父母上班时把我们锁在家里。

我太想有一个子弹壳了！听到枪响，我就像看到了子弹壳即将到手般兴奋，不顾哥哥阻拦从小窗钻出去。我也不是盲目不管自己死活的，我观察对面射的子弹打到这边的高度，然后猫腰低于这个高度进行躲避，安全地爬到射击队员身边捡子弹壳。当我历经千难万险到了射手身边，结果人家不给我，说子弹壳都有人预定了。他还吼我，让我滚回家。他说他压住对方的火力，并指导我匍匐弯腰跑回家。我好郁闷，真羡慕那些能预定到子弹壳的人！

现在想来或许是人家不想我被流弹打死，不给我能捡到子弹壳的希望才这么做的吧。这件事被哥哥汇报给爸爸，我被老爸狠狠地揍了一顿，我妈也没拦着，他们想想就后怕。

我还做过一些可以激怒妈妈，让她觉得丢脸难堪的事：

东北师大附小是省重点小学。一次外校老师来我们班观摩听课，坐在第一排的我将红蓝两色的玻璃糖纸沾上口水分别贴在两只眼睛上，然后站起身向后转，呆萌地、眼睛一眨一眨地看着大家，然后张牙舞爪做鬼脸！所有同学和听课老师都看见了我这一出，同学们哄堂大笑，班主任老师便将我拎出课堂。

东北师大附小和附中只隔一条小马路，一个系统内的老师彼此都认识。高个子大眼睛的班主任孙老师经常无奈地找我妈，要她好好管教我，于是妈妈特别汗颜地跟班主任道歉。回家，我自然是又挨了一顿揍。

我觉得自己在父母面前不被待见，还曾离家出走过。

在惹了祸被老爸暴打后的一个风雪之夜，我穿了件小棉袄离家出走。走之前，特别想知道爸爸妈妈得知我“丢”了之后会不会着急，于是我躲在自家窗外偷听（我家住一楼）。姥姥发现我不在，问爸妈我去哪儿了，还埋怨我爸动不动就打孩子，说我是给打跑了。我爸妈真的着急了，说要出来找我。哈！当时我竟然挺开心，因为我看到他们为我着急了。我就是想让他们着急的，哼！

雪越下越大，很冷。一楼邻居的窗户下有个小小的阳台，距离地面大约五六十厘米高。阳台下有些柴草，我小小的身体钻进去，再把柴草盖在自己身上，就这样藏了起来。我还刻意将附近的脚印痕迹用柴草棍划乱，并将痕迹一直延续到路上有杂乱脚印的地方，让大人们以为我从路上离开了。

全家人都出动找我。我听见爸爸说天气这么冷，她穿得少应该不会走很远，但怕给冻坏了。他让妈妈赶紧喊楼里住的同事一起分头找。爸爸妈妈喊我的名字，但无论怎么喊，我也不动，我就是想看他们为我着急的样子。最后师大三舍所有认识我家的左邻右舍全部出动，帮忙找孩子……到处是喊我名字的人，我觉得事情有点闹大了。

我是姥姥带大的，姥姥腿脚不好，就站在我藏的窗台附近。她很聪明，在杂乱的脚印中发现了我在窗外偷听时的脚印。她哭着对空气说："美啊（我的小名），听姥姥话回来吧，你是姥姥的好孩子，我保证不许你爸再打你，姥姥护着你……"我心软了，也舍不得她难过，乖乖走到她身边。

这次我爸没敢打我，因为姥姥不让！这感觉就像自己获得了一次小胜利一样，很得意。

但我这次出逃闹得全楼的人都知道了。长大成人后，我抱着孩子回长春，遇见风雪夜找过我的叔叔阿姨，他们看到我，眼里闪着光亮，非常惊讶，提起当年我的英雄故事，还特别感慨地说："谁能想到那么能作的丫头成了大学老师呢！"

我还偷过东西：

我们一帮孩子无所事事，邻居家走廊的缸里冻着黏豆包，伙伴们一想啃冰碴豆包过瘾的样子就流口水，但是缸太深了够不着。于是我自告奋勇地让男孩子抱着我的腿，我大头朝下在缸里面捡黏豆包递给大家。我吃得没他们多，但事发之后，大人问是谁偷的，那帮小混蛋都说是我下去偷的！——的确，都是经我手偷出来的，他们只是吃了我偷的豆包。我真傻。

我还跟孩子们偷偷去韩老师家的菜窖里偷吃胡萝卜。我带个碎玻璃片，领着几个小伙伴掀开菜窖盖门，顺着梯子下去。从土里挖出来的胡萝卜轻轻一刮就能刮掉皮，甜甜的，我们直到吃饱了才出来。结果，生胡萝卜吃多了“烧心”，我胃疼了两天。

这件事过了五十多年，有一次我儿时的伙伴联系到我，多年没通消息的我们很兴奋，回忆过去时，她竟然提起这件事，说当时我像个孩子头儿，带着她们这些乖乖女整“幺蛾子”。她还说，那次下菜窖吃胡萝卜她也参加了，印象特别深刻的是我竟然懂得用玻璃片做工具，夸我淘得聪明。不知道那些我当年作的妖，还有多少深深印在她的记忆中，而我却忘记了。

这样淘气的我，让父母失望极了，邻居也都不让自家孩子跟我玩儿，怕跟我学坏了。

妈妈觉得我给她丢脸了，让她在东北师大附小、附中都抬不起头。她看我的眼神经常是“我怎么就生了你这么个孩子？”的感觉。

再淘气的孩子，内心也希望可以成为被妈妈喜欢的孩子。我也是。我也不想总背着恶名生活。我想过，我虽然不聪明，学习不如哥哥好，但我可以管住自己不淘气，至少不让妈妈那么失望。我尝试讨好妈妈，跟妈妈表态，要改邪归正做个好孩子。但妈妈明确表示不相信我，她说：“就你？只要你能少闯点祸，少让我丢脸就谢天谢地了。”

于是我就又天不怕地不怕、破罐子破摔了好几年。

（2）在农村，坟地是自然存在

12 岁那年，省直机关干部“走五七道路”——携家带口去农村生活。我便随父母下乡，去了长白山脉桦甸县（今吉林省桦甸市）榆木桥子公社二道沟大队的头道沟生产队。

农村生活对于我这个不爱坐在教室里学习、喜欢到处疯的丫头来说，是件开心的事。更重要的是，下乡对我而言还意味着那些对我有成见的邻居、老师、同学都不在身边，我有了换个环境从头开始的可能，我希望自己在这里可以成为让妈妈满意的孩子。

我在城里作天作地的旺盛精力，在这里也有了用武之地。而且淘气也给我积累了很多动手能力——我做什么都有模有样，上手又快又好。挑水、劈柴、烧火做饭、河边洗衣服我样样都学，承担了家里的大部分家务。我干活很卖力气，学会了种玉米、插秧、除草、割玉米、搓玉米粒、割麦子、割大豆……因为能干、勤快、开朗、乐于助人，我经常被村里人夸奖，妈妈也更乐于推荐我给各家帮个小忙——通过我跟贫下中农打成一片。

在这里，我终于成了父母心中令他们欣慰的孩子。

我们屯子在半山区，山里有榛蘑、松蘑，还有蕨菜和草药（细辛）。我上学之余经常会上山采蘑菇、挖野菜、挖草药。蕨菜采回来烫过、晒过后捆好；细辛挖出来后阴干。这些都可以拿到大队部所在地的供销社卖掉，细辛一棵可以卖到一两元钱，那对当时的我而言是很多钱！可以买点瓜子、文具什么的。

在农村，人死都是土葬，坟地一般都在两块耕地之间或耕地与树林交界的地方。因此坟地附近都绿草茵茵、植被丰富。

我会带上邻居家的大黄狗做伴，一人一狗背着背筐上山采蘑菇、摘野菜、采药，偶尔在坟地附近也会发现细辛，当然要挖走。我还经常一个人背书包、带着饭盒，抄近路：翻过一座山，经过一些坟地，沿着小路去八道河子中学上学。

坟，常见，无感，对我来说是一种自然而然的存在。

我原本不怕坟，那只是存放尸骨的地方，就如同小时候去医大基础楼看到福尔马林泡着的人体，而坟只是把人体埋起来而已。

但怎么后来就开始害怕了呢？这就要怪山东大煎饼！

（3）摊煎饼，讲厉鬼故事

头道沟大部分都是山东人，他们当年逃荒来到这里，还保留着很多山东人的习惯，其中之一就是吃煎饼。

最常见的是硬扒煎饼，也叫干煎饼，就是将新鲜玉米和少量黄豆泡涨，水磨成浆，在地上架起圆圆的铁鏊子，烧热后倒一大勺煎饼浆在上面，再用刮板刮成鏊子大小的圆饼，一直刮到水分蒸发、另一面焦黄，最后用一个巧劲儿将整张饼掀下来。刚摊出的煎饼很脆、很香，还有一点微微的甜。

硬扒煎饼是家家户户的冬储食物。每家都有一两个一米多高、用稻草编成的煎饼墩子存煎饼。这些煎饼就足以保证一家人熬过整个冬天，直到春天。

储存的煎饼在吃的时候拿出几张，放在冒着热气的大锅盖上，掸一点水，用蒸汽熏一下就会软下来，再用煎饼卷小葱蘸酱或者卷菜，那叫一个香!

记得第一次在杨二姥姥家吃煎饼卷葱时，二两一张的煎饼我一顿吃了四张，哥哥吃了七张！当时二姥姥和我妈都吓坏了，担心我们被撑死。哎呀，实在是太好吃了！于是，我决定一定要学会摊煎饼!

摊煎饼是个大工程，入冬之前，每家都得准备一两缸煎饼浆。这么大的量，都要在 24 小时之内干完，不然煎饼浆就会发酵变酸，摊时就会起泡，掀起时就容易碎。

很快，我不仅学会了摊煎饼，还摊得又快又好（圆、均匀、火候合适），经常被村里人喊到他们家里帮忙通宵摊煎饼。

通宵干活很辛苦。我们坐在板凳上，直径 80 厘米左右的鏊子在眼前与板凳同高。要有一个人在鏊子下面烧柴，确保火势合适、受热均匀；另一个人负责摊煎饼，手脚要麻利、刮抹的力度和节奏合适，还要确保煎饼薄厚均匀，形状圆满，在恰当的时间内完成刮抹、烘干，还能不焦。

摊煎饼是个技术活，也是力气活。我就是用力摊煎饼的那个。面对热鏊子上蒸腾的热浪，蹲在鏊子一侧快速刮一张煎饼，需要全身的肢体配合运动，很容易流汗、疲劳、犯困，就算轮班干，有时也扛不住困意袭来。而我那时才十三四岁，更是贪睡的年纪。

每当到了夜里，大姨大婶怕我熬不住，就一边烧火一边给我讲一些让我不敢睡觉的故事——吓人的、恐怖的故事。故事中有坟地、僵尸、厉鬼，还有她们声情并茂的演绎。刚开始我有些无感，心想她们愿意讲就讲吧，我听着就是。她们看我犯困了，就会时不时嗷地一声鬼叫把我唤醒。那是被惊醒的懵圈时刻，本就惊到了，再听故事，就有效果了。比如，夜半窗纸呼嗒嗒地被鬼风吹起，僵尸从坟地出来，煞白的脸、黑眼眶、血红的嘴、长长的舌头，它们双手平举、双眼无神、一跳一跳的，以及她们模仿女鬼哭的声音……

她们还会说："你听——呀！北窗正被风吹得窗户纸噗噗作响呢，声音里是不是有嘤嘤女鬼的哭声？"我听得汗毛直立、恐惧万分，哪里还能困？我几乎不记得故事的具体内容，只记得她们对鬼怪的形象描述。我侧耳倾听窗外的风声，辨别里面是不是有鬼哭的声音。我真的被吓到了！人生第一次有了惊恐到心慌、汗毛竖立的感觉。我甚至觉得她们没讲出来的一定更恐怖，那部分会被我的想象力不自觉地延伸，吓得自己心惊胆战。

从此，再听到夜里嘤嘤的风声、身后沙沙的草声，甚至是自己的呼吸声，都会令我感到惊悚无比，立刻脑补出各种恐怖的画面。我对死亡、坟地便有了深深的恐惧。这种恐惧伴随着一种令大脑一片空白，又非常无助的感觉，就是那种忽然被扔进无尽的黑暗中，却不知道魑魅魍魉将从何而来，自己该如何应对、如何逃离的感觉。

从此，我再也不敢一个人走夜路，哪怕只是五十米的夜路，我都会死死盯住最黑暗处是否有异动，并在自己被吓傻之前迅速逃离。即使是白天也不敢再去有坟地的后山，上山时也会刻意避开有坟地的沟沟坡坡。即便如此，如果一直低头寻找草药，脚下突然起坡，不小心踩到一座坟，我就会瞬间大脑一片空白，感觉世界在离我远去，紧张到发不出声音，身体也无法移动，汗毛、头发全都硬扎扎地竖立起来！

我更不敢抄近路、经坟地去上学，只能绕远走大路。再听到村里死人时，我不会像小时候那样跑去看热闹，而是躲得远远的，想象着死亡的恐怖，以及这个人死后会被埋在哪里；想象着他会变成怨鬼，飘在坟地，或在夜晚回到村里吓唬人……

仅仅是想到坟地，我都会感到浑身发冷、各种不适，甚至会胃痛。之后的很多年，我看到坟地也依然会心慌。而曾经，我是啥都不怕的。

⑤ 老董太太死了，我的猫也死了

（1）带着我的猫下乡，与虱子跳蚤搏斗

前面说过那只花猫生了一窝小猫，最后剩下一只黑狸猫——犊子。父亲下乡，我们全家都跟着到了乡下，犊子也是。

当时把将城市家庭下放到农村安家叫作“走五七道路”，把下乡的人叫作“五七战士”。

头道沟屯儿一下子来了三四家“五七战士”家庭，没房子给大家住，得盖新房。在新房盖好之前，我们被分派到队长认为相对干净些的老乡家里住。赶上家里房间多的，可以给腾出一间屋子；房间少的，就得跟老乡共住一间屋子，南北炕——南炕住老乡一家，北炕是“五七战士”一家，中间拉个帘子。

我们家也是住北炕的。爸爸、妈妈、哥哥、我，还有犊子，我们住刘五赖子家——抱歉，但大家都这么喊他，我不知道他真名是什么。父母很感激刘五赖子接纳我们。

我们各自烧自己的炕，在自己的灶口做饭，拉上帘子过自己的日子。帘子自然是不隔音的，到了晚上，大家睡前都会小声说话，谁家关灯了，另一家自然会很快关灯，不再说话。

我睡不着时，就搂着犊子玩儿。有时夜里南炕会有些动

静，刘五赖子喘着粗气。每到这时，妈妈都会惊醒，然后把棉被拉过我的头顶，等我憋得受不了钻出来时，房间里已经安静了。

南北炕的不方便还在于起夜。

住进刘五赖子家应该是 1969 年年底？我记得北炕北窗上结了厚厚的冰花。大冬天，晚上起夜不可能从热被窝出来去外面的旱厕，都是在屋里放个尿桶。由于住的是两家，不方便在厨房柴堆旁各自放个尿桶，万一“撞车”很尴尬，于是各家就在炕角放个尿盆给孩子们用。父母为了不起夜，晚上都不敢吃稀的、喝水。我照吃照喝，但在山村夜深人静时分撒泡尿的确很艰难——声音太清楚！我就琢磨怎样才能更小声，结果后来我练得可以一泡尿慢慢贴着尿盆壁放出，声音很小，那叫一个压抑！

后来我家终于住进自家房子时，我甚至觉得可以痛快地撒尿是件多么幸福的事。

很快，我身上开始有了虱子。痒得不行就抓虱子，像老乡那样从身上掏出一个虱子，用两个拇指指甲对着将虱子挤死的事我也做过，但是总觉得挤出来的血很反胃，于是我改变了方式：逮到虱子后，我就把它按在靠近窗框下沿比较厚的冰坨上，让它冻在上面，所以后来我家的北窗上有很多“黑点点”。但在其他季节也只能用指甲了。

那时在村里，每个人身上都有虱子，头发里也有，还有很多虱子的孩子——虮子，一串串地挂在几根头发上。到了农村，我才明白篦子是干啥用的——从头发里刮虱子和虮子的！我们常常洗头的还好些，不常洗头的村里小姑娘来我家用篦子梳一下头，竟可以噼里啪啦掉在报纸上一堆大虱子、小虮子！于是我家的篦子利用率超级高！

在农村，村民裤子做得比较肥，裤腰需要卷起来扎根绳子，因此那里褶皱多，贴近身体比较温暖，虱子很喜欢在那里做窝。所以，无论大人孩子，身上痒了就翻裤腰逮虱子、挤虱子的画面很常见，也不避讳。

晚上睡觉时不想被裤腰里的虱子咬，村里人就直接脱光了睡。农村晚上睡得早，到了睡觉的时间没人在村子里瞎转，各家挂窗帘的也少，不那么忌讳。我是从城里来的淘气包，不想那么早睡觉，会在晚饭后到处溜达，不经意间就能看到谁家灯还没关却脱了裤子的人肉晃眼睛。跟妈妈说过后，她就禁止我这么纯洁的小姑娘晚饭后再出去溜达了。

我也被虱子搞得很烦恼，找来“六六粉”直接撒在衣服缝隙，结果过敏了，身上起了红疹。一起下乡的“五七战士”于阿姨，是吉林医科大学（1978 年恢复白求恩医科大学校名）二院的护士长，批评我：“六六粉是毒药，你没中毒而死就是万幸。忍着点也别用毒药！”

之后我家每次洗衣服都烧一锅开水，把洗好的衣服烫一下再晾晒，但没几天就又是老样子，环境如此，不能独善其身。

慢慢地，我也习惯了跟身上的虱子共处。

农村的炕上，除了虱子还有跳蚤。跳蚤比虱子更讨厌，咬人很疼，被咬过后很痒，还会起大红包。好在数量不多，只要出现一个咬过我，不把它逮住掐死我就誓不罢休。捉跳蚤最难的是从按住它到把它放在两个拇指指甲中间“执行死刑”的过程——它很光滑不容易固定，稍有机会就立刻跳走。和它打交道多了，我最后练得它下一次起跳会落哪里都能预判，便可以准确地按住它、挤死它。

犊子的身上，没虱子，有跳蚤。

嗯，我的农村生活，是从浑身痒痒开始的。

（2）带着猫住进老董太太家

我家犊子被隔壁杨佩玉家的帅哥花猫搞大了肚子，生了一窝小猫。我在我的脚下给她做了个窝。一天晚上，我们南北炕两家人都被惨烈的猫叫声惊醒，开灯发现那个混蛋猫爸竟然在疯狂地一只一只咬死他的孩子！犊子悲惨无助地哀号着，却护不住她的孩子。我爸起来打跑了猫爸，安静下来才发现，只剩下一只灰白花的小猫还活着。

这一次“虎毒食子”闹得两家人都不得安宁。爸妈想借此搬家，哪怕只是一间小小的房子，只要是独立的空间就好。

队里给我们安排了村西头的老董家。我们一家便带着犊子和小灰住进了老董家的小东屋，而原本住在小东屋的老董头住进了他家大西屋的北炕。

终于，我们一家人住进了一个相对独立的屋子，而老董一家人则稍稍有些尴尬。

老董头是老董太太的老公，小小的个子，天生身体有恙干不动农活，但编炕席的手艺很好，曾经以此为生。老董太太生过几个孩子，也依然能看出当年是个美女。她嫁给老董是看上了他养家糊口的手艺，或许还有其他原因。到集体经济的年代，老董有手艺却挣不到钱，体力活又干不动，房前屋后和自留地都难以打理，更不要说去生产队干力气活儿挣工分了。家里生活艰难，老董被老婆嫌弃。

1960 年，村里来了一对在山东吃不饱饭，到东北讨生活的张姓父子。他们有力气、能干活，希望借住这里帮她家干活，给口饱饭吃就行。这是互补啊！董家缺的就是劳动力！

张姓父子两个山东大汉，尤其是老张，一米八的个头，大眼睛，很精神！关键是活儿也干得好，能挣工分。对屯里而言，虽然多两张嘴吃饭，但看他们人高马大很有力气的样子，妥妥两个好劳力，所以当时的生产队领导就睁一眼闭一眼，爷俩就留了下来，住进了老董家。

屯子里管这种关系叫“拉帮套”。

一开始，老张父子住在小东屋。老董和老董太太、两个女儿住在大西屋。但老董太太嫌弃老董窝囊，跟两个女儿睡南炕，让老董一个人睡北炕。

老张父子挣的工分可以养活这一大家子，老董太太也越来越喜欢这父子俩。再后来，老董太太和老张头日久生情。一直不能上南炕的老董发现老婆肚子大了，便质问了她，而老董太太则理直气壮地嫌弃他，并表示：“你不愿意的话可以离开，我们娘几个要靠他们父子才能活。”

老董头选择了沉默。沉默的结果，就是他被撵出大西屋，搬进小东屋。老张父子俩理直气壮地住进了大西屋的北炕。家里的房子经过张家父子的协力翻建，终于像是有了男人支撑的样子。

老董太太后来生的三个孩子都是老张的。但对外，这还是董家，孩子们依然姓董，喊老董头“爹”，喊老张头“大”。

由于生产队安排我家入住，董家要腾出小东屋。也就是老董头又要住进大西屋的北炕，跟老张父子同住。南炕的老董太太带着五个孩子，已经住满了。

听我爸说，老董头对老张表示抗议的唯一行为，就是在三个男人睡的北炕上，老董只给自己的位置编了一个漂亮的新炕席，嗯。

住进老董家的那段时间，我的小灰长成了半大的小公猫。它在农村土生土长，比它妈妈更有猫的天性，看到所有移动的小东西都会瞪大眼睛蓄势待发。夏天的一段时间里，它每天都会跑出去咬死五六只田鼠，拖回来一只一只整齐地摆在院子里，然后喊我出来看它的成果。而它妈妈对这一切视若无睹，只愿意找个地方懒懒地睡觉。老董也是一样。于是，小灰更多跟我混，犊子则经常窝在老董身边与他为伴。

老董太太生了五个孩子后，心脏不好，经常上不来气。从小心脏也不好的妈妈担心老董太太会心衰而死。好在老张对她很是体贴，什么都不让她做。

再后来，老董的大女儿跟老张的儿子结婚了，两人出去单独过日子。二女儿在家负责做饭、照顾母亲。老张头直接睡在了南炕，说方便照顾老董太太的身体，二女儿改住北炕。

据说，唯有二女儿才是老董亲生的，他们父女的确长得很像。

（3）搬新家，小灰被人吃掉了

夏末，我们终于搬进新家。走的时候，没带上陪着老董头睡懒觉的犊子，它已经习惯了跟老董头为伴。爸爸说，让犊子陪老董吧。

我们新家跟老董家仅隔着一条街，犊子从来不找我。但我偶尔去老董家看看她，她还会蹲到我的肩上。

新房子盖得匆忙，麦秸还没干透就上房。太阳一晒，闷呼呼地生了很多小虫。睡在炕上时小虫会掉到脸上。妈妈和哥哥将大床单拉在我们炕的上方，每天抖抖床单，可以抖掉很多虫子去喂鸡。经过一个冬天，虫子才没了。

我们有了自己的房子和前后院子，妈妈在院子里养鸡、种菜，她给每只鸡都起了名字，下蛋表现好的还给奖励。从长春下乡前我和哥哥都得过急性肝炎，有了菜地、鸡蛋之后，我俩的身体很快得到恢复。

这时，爸爸因为给农村建设出谋划策，并提供了可落地的规划（我生平第一次见到等高线地图就是在爸爸的山区改造建议图里），已经从屯子被调去榆木桥子公社上班，帮助做更大规模的农村改造规划。

他人缘好，待人和善，还能写会画，当地人都觉得爸爸很有智慧、很优秀，还特别平易近人。他们不明白这么优秀的人为啥不是共产党员。爸爸说，因为爷爷是地主，所以无论他怎样努力，这个成分都卡着他。当地公社党组织说，我们认可老徐，我们做主：这么好的同志必须是党员！

于是 18 岁参加革命的老徐同志，45 岁才在吉林省桦甸县榆木桥子公社入党。这是他生命的一个重要转折点。从他 18 岁在国统区清华附中参加革命到他正式入党，经历了整整 27 年的组织考验。他戏称自己是“老党员”。

小灰长到了一岁多。村长家有一只公的黑狸猫，很凶猛，是村里的一霸。所有的猫对它都敬而远之。小灰长大之后却总惦记去挑战它，有几次被咬得伤痕累累，狼狈回家。它去找大黑猫干架，体重还不到人家的三分之一，不是作死吗？

在它疗伤期间，我跟它说：“好好活着就不错了，你打不过它，不要去找死。”

它窝在家里一段时间，每天腻在我身边。我枕枕头，它就把小脑袋枕在炕沿上，跟它妈妈很像。这种一人一猫的生活岁月静好，我甚至觉得它从此就会老实了。

有一天小灰没回家，我有些惦记。到了下午它还没回来，我开始着急，就出去找它。张队长家的小女儿小荣说，昨天我家小猫跟她家大猫打架了，不依不饶地往死里打，黄狗都拉不开，然后我家小猫受伤回家了。

回家了？！可为什么我没看到它呢？我担心它伤重倒在哪里，草棵子、柴火垛都翻翻看，也没见到小灰的影子。

村里另一个跟我一起玩儿的女孩，忘记叫什么名字了，跑过来悄悄跟我说，昨天看见小灰被大黑猫从村东头张队长家追到村西头，小灰受伤严重，大黑猫扬长而去。小灰爬起来歪歪斜斜地想回家，路过老高头家门口时，被老高头抓住，拎着尾巴往路边的圆木上摔它的头，摔晕之后带回家了。今天他家孙子说，爷爷给他们做了炖猫肉……

天！！！我大脑一片空白，很悲伤、很愤怒，想冲过去为小灰报仇！小伙伴告诉我，他们家我惹不起，特别能撒泼，队长都拿他家没辙，还是先回家找大人来帮忙吧。

我回家找我哥帮我壮胆子，哥哥跟妈妈说了，但妈妈拦下了我们。她说，老高家是出名的不讲理，但人家是贫农出身，我们是地主出身，如果因为贫农吃了我们一只猫就找过去，不但不能给小灰报仇，还会给爸妈造成不肯跟贫下中农结合、不好好接受“五七道路”改造的罪名。所以我们只能忍下。

我哭了，有心疼，更有不甘。妈妈说，我们出身不好只能夹着尾巴做人。我心里埋怨，为什么爷爷是个地主啊！出身好就可以为所欲为？就可以如此残忍？！就可以杀了我的猫吃肉？！被我呵护宠爱的小灰，它生命里最后的画面竟然如此恐怖与残忍？！那种伤心欲绝却又不能发泄的无力感让我的内心很撕裂，痛到骨子里，难以忘怀。

我跑到跟我家关系好的二姥姥家哭诉这件事。二姥姥说：

“高家已经知道你要去讨说法，只要你去闹，他就说那是自己在路边捡的死猫，吃了。咋地？你们‘五七战士’这么瞧不起贫下中农？为一只死猫闹事？”二姥姥还说，小灰已经死了，我们闹不过他们，他们干坏事，会遭报应的。

此后我每次经过老高家，心里都会恨恨地想着老天爷快让那个坏老头遭报应！但直到我们离开头道沟，坏老头也没遭报应。二姥姥又说：“好人无长寿，祸害遗千年，老天爷就是这么不公平，等你长大就知道了。”

小灰的死亡在我内心留下了阴影，我不仅是为失去小灰而悲伤，还有少年时代因此经历的愤怒，有理说不出、打碎牙往肚子里咽的无力感与不甘……

（4）老董太太死了，犊子也死了

老董太太的心脏病越来越严重了。

“五七战士”中的于阿姨是吉林医大二院的护士长。在医药匮乏的农村，她就是神一样的存在，大家称她为于大夫。

每当老董太太不舒服时，老张就会请我妈和于大夫去看看。妈妈和于大夫将老董太太从生死边缘救回来过好几次。而每当这时，都是老张拉着老董太太的手安慰她，孩子围坐在老董太太身边，只有老董手足无措地站在后边看着。

那天我放学回家，家里没人。邻居说：“老董太太死了，你妈在老董家。”我自从听过厉鬼故事之后，很害怕看到死人，只要想想就会有毛骨悚然的感觉。但我们跟老董家在一个屋檐下生活过几个月，大家还是很有感情的。去老董家的路很近，但我脚下发飘，好像走了很久。

还没进院子就听见哭声，哭着的基本都是老董太太跟老张后来生的那些孩子，他们还小。老张头在跟村里的人商量一些事；老董的大女儿挺着孕肚跟老张的大儿子一起招呼左邻右舍；待嫁的二女儿在烧水、收拾东西；村里的木匠在给老董家收拾原本白茬的棺材。只有老董依旧傻傻地立在一处，远远地看着这一切。

老董太太的身下是一块木板，上面铺着褥子，她安静地躺在上面。听说，她今天胸闷憋气，要求老张把她搬到屋外，她需要大口呼吸。老张感到情况严重，让孩子们飞奔到我家来喊我妈和于大夫。但是这一次，谁都无能为力，她们眼看着老董太太一口气怎么也提不上来，直到没了呼吸。

我看着老董太太和西边棚子里的白茬棺材、厚厚的棺材盖，脑子里忽然浮现出曾经听过的故事的画面：老董太太被放进棺材之后会不会忽地一下坐起来，会不会半夜爬出来，会不会埋进坟墓之后依然不甘心地在夜里游荡出来……想着人死之后会变成什么样子，幽幽的鬼火在我脑海中飘荡，我感到浑身发冷，是那种浑身汗毛竖立的感觉。我很紧张，紧张到胃很不舒服、恶心。

忽然，我就什么也听不见了，脸色煞白。有人大声问我怎么了，大概是问了好几声我才听见。我说我胃疼，得回家。于是我捂着我的胃，脚下像踩棉花一样逃出了老董家。我有些恍惚，耳朵里传来那种仿佛来自遥远世界的声音：哇——哇——。眼前是一片白色，周围的一切都在远离我、远离我……

这一切是梦吗？回到家很久我才缓过神，觉得家里很空旷。我一个人在房间里很紧张，我得做点什么，证明这一切不是梦。我捡了几件该洗的衣服放在篮子里，带上洗衣棒槌和猪胰子，去了河边。我在河里浸湿了衣服，把它们放在一块倾斜的石头上，抹上猪胰子，用棒槌敲打。这是农村在河里洗衣服的方式。我的双脚浸在九月冷冷的河水里，那清冷的感觉提醒着我：我的确在现实世界里活着。我坐在岸边的石头上，一下一下地敲打着，回想着我所知道的老董太太的过往……

她眼睛不大，却很好看，总是笑眯眯的。虽然生了五个孩子，但身材依旧挺好，是苗条的那种，就算穿着农妇宽大的衣衫，也能感受到她是个美人儿。她活着的样子这么美，死了之后如果变成鬼，也会是黑眼圈、眼睛流血、披头散发的吗？她活着时没人欺负她，过得还算滋润，所以她应该不会半夜飘出来吓唬我们吧？

忽然，有人喊我：“你把衣服砸烂了吧？”二姥爷说他站河边看我半天了，我像丢了魂儿似的——我忘记给衣服不时地翻动，用棒槌在一个地方不停地敲打，把哥哥的一条裤子都砸破了。

我自己也不知道为什么突然就这么容易被死人惊吓到，那个天不怕地不怕的我，没了。

老董太太去世后，她的二女儿已经待嫁，出嫁前负责给家里做饭洗衣；老张做爹做娘地照顾家里三个未成年的孩子；老董还住在小屋，混一口吃的没问题，想想亲女儿出嫁后的日子，有些无所适从。听二姥姥说，二女儿可能会带着老董头嫁过去。

在家说了算的、给犊子好吃好喝的老董太太走后，犊子被老张嫌弃，不允许上炕。

我们回城是在 1973 年，我先回去收拾房子，父母和哥哥留下来准备搬家。我跟父亲说，老董太太死了，我担心没人给犊子吃喝，可能的话，请他们回来时把犊子也带回长春。父亲答应了，但我没见到犊子跟父母回来。父亲说，看老董可怜，把它留下陪老董了。

后来听人说，冬天天冷，犊子不能上炕，就经常蹲锅台。有时它还会在晚上钻进灶坑里用余灰取暖，早上烧火做饭之前它再跑出来，浑身脏兮兮的更被嫌弃。有一天早晨，它没来得及在早饭点火前跑出来，被烧死了。

听到这个消息之后，我内心很是悲伤。让跟我一起吃糖、吃黄瓜的猫咪伙伴留在老董家真的是害了它，但这也是它自己当初的选择。命运就是如此吗?

⑥ 家庭和社会对死亡的污名化

谁都知道死亡逃无可逃。但家庭和社会灌输给我的对死亡的描述是黑暗、恐惧、痛苦、血腥、晦气的。

记得小时候因为好奇，一大帮孩子偷偷潜入位于原日本关东军八大部遗址的吉林医科大学（也称白求恩医科大学）基础教学楼的走廊，就是为了去看那些在玻璃罐里用福尔马林泡着的器官与尸体标本，围着那些标本嗨玩儿。

后来，我们都是被家长骂过并告诫，加以恐怖解说之后，才不去了。那些嗨玩儿中的标本画面也从我们满不在乎的存在逐渐变成了阴森恐怖的想象。

在农村三年，死亡变成了僵尸厉鬼，我也因而产生了严重的对死亡的恐惧。

成年后，听到、见到亲朋好友的死亡也大多是痛苦、灰暗的。尤其随着医学的发展，死亡的环境从家里转移到医院，从有家人陪伴变为在医院里孤独赴死。而医院中各种死亡大都是任人摆布、无助恐惧的。周围的人也视死亡为非常痛苦的晦气之事。

人们总是对尸体充满恐惧的想象，这也是母亲当年坚决反对我报医科大学的原因，她认为学医要面对解剖和病房，会接触尸体、沾染晦气，还会把晦气带回家。

工作后，我戴一顶绒绒的白色娃娃帽回家探亲，父亲喊我摘了收起来。他担心邻居说："你家闺女怎么戴个孝帽回家啊？多晦气！"

我们的媒体、电影、电视和小说中所描述的死亡大多与战争、恐怖、暴力、血腥、绝望、痛苦、悲伤、不安等相关联。于是我们本能地拒绝、回避触碰死亡话题，更不可能在亲人离世之前跟他们讨论死亡。

即便患病的亲人想跟我们谈身后事，想告诉我们离世之前他们渴望达成的心愿，我们也以“你别瞎想，你会好的，别说这么晦气的话，我会尽全力救你，不可能让你死！”等等话语搪塞他们。导致患者为了让家人心安而不得不陪我们演戏，把告别的话、要安排的事、想达成的心愿等都深埋心底。他们带着遗憾走，家人陷入无尽的哀伤与自责。

甚至在亲人即将离世时，我们因自己对死亡的无知无措和恐惧而下意识地后退，令将死的亲人在最渴望被家人呵护的告别时，看到的却是家人恐惧地远离。那一刻他们该是怎样的悲哀与无助……

在安宁病房，安宁团队经历过：母亲即将离世，通知儿子，儿子却不敢前来告别；奶奶即将离世，父母却不让孙女见奶奶最后一面，觉得晦气。如果不是医护、志愿者、心理师的帮助，就不会有后来的生死两相安。怪儿子吗？怪那对父母吗？全社会都将死亡污名化，其中自然也包括在这个社会环境中受教育的我们自己。

每个人对死亡都有未知的恐惧，但我们每个人也终要面对亲人以及自己的死亡。如果没做好准备，就只能在死亡将至时才不得不硬着头皮被动应付。

无措和恐惧更推着我们随大流地将亲人和自己扔进医院孤独赴死。这等于在患者生命的最后一刻将其抛弃。这样的死亡谁不怕呢？但大家都是这样死的啊！我到最后也会这样吗？想想就觉得好恐怖！

痛苦的、没能好好告别的死亡画面会深深留在我们记忆中，遮蔽曾经的美好。对亲人的怀念变成深刻、痛苦的回忆，是生者抹不去的哀伤。

在这样的大环境下，人们重复着这样的经历：患者不得善终，家属不能善生。

我有时在想：除了自杀，我们是不是不能决定自己怎么死？活着的人允许、甘愿自己也这么死吗？为什么宁可回避而不做出改变？！是不是因为没有人告诉我们该怎样做？

社会缺少正面的死亡教育。在成为志愿者之前，没人告诉我该怎样认识、面对死亡，也不敢谈论死亡。只觉得姥姥、久姨夫（久姨的丈夫）、母亲那样的死亡很恐怖，内心很抗拒，于是很怕死，更怕那样痛苦地死。但作为没接受过死亡教育的个人无力做出任何改变，哪怕是给自己找个不那么痛苦的死亡方式和处所都很难。

成为安宁病房的志愿者之后，我才知道现实中像我这样曾经面对死亡而感到无措、恐惧的人很多。得到安宁团队支持的患者和家属，则能幸运地在亲人离世之前有机会好好告别，生死两相安。

前面提到内向的儿子在母亲病危后不敢出现在母亲面前，不知道自己该怎么办，是海淀医院安宁团队疏解了他心中的恐惧，帮助他意识到如果不在母亲还活着的时候为母亲做些什么、跟母亲好好告别，他可能会悔恨终生，也难以从痛苦中走出来。他在来医院的路上还犹豫着想逃离，是安宁团队陪伴他、指导他，让他迈过了心里那道坎儿，努力面对母亲即将死亡的现实，并跟母亲好好告别。最后，母亲安然离开，儿子也少了遗憾。

那个孙女是奶奶带大的。她刚生完孩子还在哺乳期，奶奶就病危住进了安宁病房。刚从外院转来时，老人的伤口恶臭，是安宁护士把老人的创口处理得干干净净。即使这样，儿子和媳妇也只是站在走廊里不怎么进来，因为曾经有过很不好的感受。这对夫妻之前一直不让女儿来看望奶奶，尽管老人家已经接近生命终点。女儿赶到医院，他们还在走廊劝阻女儿不要进病房，担心奶奶的伤口让女儿受刺激，影响后面对宝宝的哺乳。

身为女儿和孙女，她在妈妈的警告和与奶奶告别这两件事中纠结，不知所措，在走廊伤心地哭泣。正在病房陪伴奶奶的志愿者吴老师听到她的哭声，出门问这个女孩："你爱奶奶吗？如果不跟她告别，你会不会后悔？"孙女说："我是奶奶带大的，我想跟奶奶告别，但父母担心的事情我也有些担心。可我知道如果我不跟奶奶告别，我会悔恨终生。"吴老师说："你跟我来吧，我陪着你跟奶奶告别，你是安全的。"

她挽起女孩的手臂，带她走进病房。病房中的奶奶已经昏迷。孙女在奶奶床边看到奶奶后泣不成声。吴老师告诉她："奶奶虽然昏迷，但她听得见。告诉奶奶你很爱她，感谢她把你抚养长大。如果想跟奶奶道歉，也要告诉她。然后跟她告别，跟她讲你的孩子、你的家庭，告诉她你会好好生活下去。”女孩在吴老师的指导下拉着奶奶的手轻轻抚摸着，跟奶奶道爱、道谢、道歉、道别。

老人离世之后又过了一段时间，女孩给安宁病房送了一面锦旗。她不知道吴老师的姓名，只是说来找那位最美的志愿者——在女孩心里，吴老师是最美的。女孩感谢吴老师当初果断地拉她进病房，帮助不知所措的自己跟奶奶好好告别。正因为有这样的告别，她的悲伤才得以纾解，才可能不留遗憾、没有心理压力地继续自己的生活。她感恩安宁团队给予的支持。

想象一下，如果当初她没跟奶奶告别，她的悔恨与悲伤会一直伴随着她，在这样的心境下就可能导致精神性断奶，影响对宝宝的哺乳。

上述的儿子和孙女，在安宁病房得到帮助，化解了内心的恐惧、遗憾与悲伤。他们都是幸运的。而绝大多数处于和他们一样境况的患者家属没能得到专业的指导帮助，很可能就这样抱憾终生。

我们常规的医疗体系中没有针对患者家属的哀伤辅导。有太多面对亲人痛苦死亡及没能好好与亲人告别的患者家属，他们压抑自己的悲伤继续生活，然后像我一样，他们的哀伤也终将化为自身的疾病，并再一次拖累其他家人陷入恐惧与悲伤。

想一下每年死亡的总人数，中国2021年的死亡人口超过了一千万[1]，那些没有善终的死亡，是多少家庭中的不安定因素？这是不是一个被忽视的社会安定问题？为什么大家没有积极地面对这样的问题并想办法解决呢？

所以我一直想不通，每个人肯定都不希望自己痛苦、遗憾、孤独地死亡，那为什么不在自己还活着的时候，研究“如何好好地死”这个重大课题，想办法改善我们的死亡品质呢？

哪怕是为了自己，我都觉得必须要好好了解死亡。

1 国家统计局于2022年2月28日发布的公告，中国2021年死亡人口为1014万人。具体信息可前往官网查询：http://www.stats.gov.cn/tjsj/zxfb/202202/t20220227_1827960.html

| 第二章 |

现实中，很多人未能善终

我们不断听到、见到亲人和朋友的死亡，大多数死亡都是在救治时痛苦与无助的煎熬中完成的，似乎死亡本身才是从痛苦中解脱。

随着医疗的发展，这成为一种常态。我们都不了解该怎样做才能帮助亲人善终。为表达自己的孝顺或爱，我们通常会花很多钱、全力抢救直到最后一刻，认为这样才是尽孝、才是爱、才心安。而看到家人在被抢救时所承受的苦难，以及来不及告别的遗憾，又令生者痛苦纠结，怀疑自己的抢救决策是不是错了，如果不这样选择会不会更好……那种战战兢兢、深深的无力感，令人崩溃。生者带着深深的痛苦与遗憾，长时间无法走出丧亲的哀伤。但是谁能告诉我们，还能怎样呢？因此有一句流行的说法：家有癌症患者，怎样选择都可能是错。时至今日，绝大部分处于生命末期的患者依然会被家人送去医院抢救到最后一刻，经历那种极端痛苦、无助、悲惨的死亡。从 15 岁离开农村来到城市，一直到母亲去世前，我很少见到身边的人寿终正寝或善终。

❶ 姥姥死在医院的走廊里

我是姥姥带大的，跟姥姥有很深的感情。小时候我挨打，只要姥姥在家，就会护着我。

姥姥 18 岁才去沈阳读小学，和张学良的姐姐是同学。那个年代，小学毕业也算是有文化的女性。姥姥家教很好，希望我也能像个大家闺秀一样成长。妈妈对我没继承她的智商很失望，但姥姥总是鼓励我：不一定只有学好数理化才是文明的人，教养更重要。姥姥对当时“浑不吝”的我充满了耐心，我听不进去父母的话，姥姥会在生活的点点滴滴中教我怎样尽可能做个有教养的姑娘。

比如，女孩子要落落大方，坐有坐相、站有站相；吃东西不要吧唧嘴；笑不露齿（不要哈哈大笑，但这个我一直没做到）；平静地呼吸；来客人时吃菜只吃眼前的；说话不要长时间盯着对方看；不与人争抢，不是你的抢不来，是你的别人抢不走；不能抖腿……但小时候我对这件事很好奇，看到熟悉的人抖腿很有节奏感，我也努力模仿过，直到我也可以很有节奏地抖起来，便感到洋洋得意，长大后却花了更多时间努力改这毛病。姥姥说，不要立刻反驳批评你的人，实在忍不住就先深呼吸平静下来，等心情好的时候再说。这个教诲我没能很好地理解运用，后来就变成自己忍着，委屈巴啦的。

我是在姥姥潜移默化的影响下长大的。姥姥那代人传下来的美德：谦让、低调、不争不抢、乐于助人、吃亏是福……也让我少了很多斗志，没什么野心，能够随遇而安。这就是我的样子吧。

我曾经想，等我能挣钱了，我要接姥姥跟我一起生活，甚至觉得我可以没有父母，但不能没有姥姥。

大学毕业后，我被分配到天津商学院基础部数学教研室做助教。尽管我不喜欢数学，但还是别无选择地做了大学的数学老师。因为要给别人讲明白高等数学，我赶紧复习大学里学过的内容，大致看了看樊映川的书里用到什么，算是硬着头皮通过了试讲以及助教考核。

这份工作压力重重，我非常非常不喜欢，但我需要一份工作自立。

拿到第一个月的工资，我就买了天津鸭梨去北京老姨家看望姥姥。但姥姥只吃了半个，说她胃不舒服，疼。我熬了热热的粥给她。

姥姥生病，我请假在北京照顾她。姥姥说："你给我唱一段京剧吧！"那时我不太懂事，况且家里人多不好意思唱，我就谦虚地对姥姥说："我唱得不好，不唱。"姥姥看看我，没有说话。当时我还负责做五个大人、六个孩子，总共十多口人的饭菜，要做两锅才能确保大家都吃上饭，的确也是比较忙乱。姥姥失望的眼神一直在我脑子里萦绕，我想找个人少的时候再给姥姥唱。

没多久，姥姥就卧床不起了。胃痛吃不下东西，还有点胃肠道出血。每当她痛得睡不着时，就喊我轻轻画圈帮她揉胃。我揉的时候，姥姥的身体就会放松些，可以闭眼睡一会儿。于是，我白天给大家做饭、收拾，晚上坐在姥姥床边帮她按摩。她安睡了，我也靠着睡一会儿；她疼醒了，我便继续帮她按摩。我们祖孙俩就这样一会儿醒一会儿睡地度过了几个夜晚。

有一天听见姨父跟姨说："妈这次是不是过不去了？"我感到很惶恐。我到姥姥的房间跟姥姥说："姥姥，我给您唱段京剧吧。"已经很虚弱的姥姥摇摇头，她不想听了。我很后悔当初在姥姥想听的时候，没能满足她的心愿。这件事一直印在我的心里，成为我一生的遗憾。

后来，姥姥胃更疼了，按摩的作用也不明显。老姨给她吃了止痛片，没多久姥姥却反胃吐血。三姨父的弟弟在北京人民医院进修，他看过姥姥之后，建议带姥姥去医院就诊。

不知道1982年有没有120救护车，或者老百姓能不能叫到救护车。记得那天长辈们决定送姥姥去人民医院，姨父单位来车，没有担架，便直接拆床，抬着姥姥的床板下楼。已经很虚弱的姥姥感受到床板晃动，以为是地震了，拼尽全力地喊："地震了吗？孩子们快点跑出去啊，别管我！"姨哭着跟她说："妈没事，我们送您去医院。"

车把姥姥送到人民医院白塔寺老院区，寻求医生的帮助。医院没床位，不收住院患者。姥姥连观察室都进不去，只能暂时躺在走廊长条木椅子上输液。2月的走廊很冷，我跑回家灌了热水袋放在姥姥输液针头附近，给冰冷的液体加温；双手也不停地摩擦她的手臂，给她增加热量。

那时没有CT和胃镜，不知道姥姥得的是什么病。三姨父的弟弟说，看症状是胃癌。

医院里轻易不给患者用止痛药。姥姥痛不欲生地呻吟，求女儿们让她去死，敲捶她的腿分散她的注意力。我给姥姥揉所有她说疼的地方，但就是没用，已经疼疯了的感觉。

我们搞不到止痛的哌替啶，要特批。医生说："如果你们自己可以搞到，我们可以帮着用药。"看到姥姥那么痛苦，我跟妈妈说，我回长春吧，找认识的医生或者同学家长试试给姥姥找几支哌替啶，至少不能让姥姥这样活活疼死。

我连夜出发。

出发前，老姨父单位的领导帮忙在医院争取到一支哌替啶，姥姥打完后就不那么疼了。我跟她说："姥姥你等我，我回长春给你找止痛药，往返两天就回来。"她点点头，然后用手将自己的头发归置得整整齐齐，拉拉衣服的褶皱，把自己收拾好，告诉我说，她疼得太辛苦，要先睡一觉等我回来。

这一走，就是永别。等我带着药赶回来时，姥姥已经被送到太平间。

我走之前姥姥被病痛折磨着，我们没机会，也没可能好好告别。陪我长大的姥姥，就这样离开了我……

后来，听说我回老家求止痛药期间，老姨父单位的那位领导帮忙争取到观察室的床位，姥姥终于躺到了床上。但在我心里，我跟姥姥离别的画面定格在医院大门后冷风瑟瑟的长条木椅子上。

❷ 用机器维持姨父的生命——不肯放手之痛

久姨父待我很好，在我人生的各个路口，给过我许多提醒与指引。他既是长辈，也是无话不谈的良师益友。

他曾经是建设部（今住建部）专业能力极强的领导干部，人缘也极好。我刚来北京时没房住，就是住在久姨家的。那时久姨父得了胃癌，手术后继续工作。我从在天津做大学老师到在北京成为自由职业者，有很多不适应与迷茫。久姨父忙里偷闲，带我一起去他家附近的月坛公园散步，讲一些他的人生思考、为人处世的道理、人生规划等，给了我很多启发。

1996 年，久姨父的身体已经不能胜任正常工作，但依然各地奔走，为国内城市规划发光发热。我也曾和久姨一起陪他去过几个城市考察，与当地负责城市建设的副市长、建委主任谈城市规划。他希望利用自己有限的生命多做些事情。

终于，在一次外地交流会议期间，就在全员午休后即将发车的时候，一位同事大喊自己忘了外套，久姨父为了不耽误集体的时间，便将自己的外套脱下来披在那位同事身上，可他自己却因此受凉，导致胃痛，紧急回北京就医。

这次发病没有像以往那样慢慢恢复，而是每况愈下：从在家休养用药，到后来住院治疗，久姨父的身体开始各种疼痛。但那时的医院里，止痛药是控制使用的——药效四小时，间隔六小时才给一次药，这使他总在止痛与剧痛的循环中挣扎。

他已经不能进食，为了增加营养，医院给他下了鼻饲，大袋的黄色营养液缓慢输入。再后来又出现肠梗阻，食物根本不能排出，肚子胀得厉害。于是医生又在姨父的腹部打个洞、下管，才将肠内物排出。这样的生命维持，令姨父苦不堪言。

姨父单位来人，表示一定要尽量救治；姨也认为，全力救治才是最好的选择。但姨父不这样认为，他希望早点解除痛苦，哪怕自取灭亡。他跟姨商量，能不能回家取一瓶他经常吃的安眠药，趁着他现在神志清楚、手臂还能动，等到我们不在身边时，他自主服药一睡不起，得以解脱的同时也不会连累家人。姨不同意，说会尽量让医生抢救他，她不想这么快失去他，希望姨父勇敢坚强地活下去。

姨父枯瘦的脸上，大大的眼睛，不说话却像是在发问。他想结束痛苦，妻子却要他为家人坚强。他们夫妻沉默以对，相顾无言。

姨父转头看向我，问我可不可以帮忙，只需我把药放在那里，离开一会儿就行。我眼神躲闪，注定不敢这么做。姨父叹了口气，低头沉默了很久。然后抬头淡定地对姨说："那好吧，你要我坚强，我就坚强。过几天我可能已经没有什么自主能力了，所有决定权都交给你。"

那一刻，我的大脑一片空白，内心满满的悲哀与无力感。

当时的人们都坚定地认为，救到最后才是对亲人尽力尽责。姨也是这样，她坚持要求医生将各种救治手段用到最后，尽管医生也表示有些无能为力。她认为：这是医院啊！来医院就是要救的啊！医生怎么可能没有办法呢？

再后来，姨父的腹部导管因为错位而不起作用了，胃管喂进去的排不出，弥漫在腹腔，还有一部分返流出来。经过肠道再返回的呕吐物臭烘烘地从他的口腔和鼻腔里一起喷出，令他几乎窒息，鼻涕眼泪也一起流出来——那是生不如死的感觉。

腹腔感染、肺部感染，姨父开始高烧。高烧令他浑身发冷、颤抖。他嫌医院的被子薄，喊我回家取被子。我抱来新买的羽绒被给他盖上，他还是打寒战。护士给他打退烧针、吃退烧药，起作用后，姨父便大汗淋漓，汗液将羽绒被大面积打湿，人也极度虚弱。

姨父是神经特别敏感的人。每当他嗓子里有痰，护士将吸痰管插进他的喉咙时，已经极度虚弱的姨父被刺激得身体竟弯成虾米一样，剧烈痉挛、痛苦不堪。

他偶尔清醒，用深深凹陷的大眼睛直直地看着我们，好像在说：看着我遭受的痛苦，你们还要我继续坚持吗？我心里很难过，知道他这份坚守与忍耐所付出的代价与痛苦。我拉着他的手说：“姨父，对不起。”他摇摇头，闭上眼睛。

不断救治的结果就是让他不断痛苦，但我们都不知道除了继续救他还能怎么办。

最后两天再去看他，人已经陷入昏迷状态，局部皮肤逐渐变成灰色，但在机器的维持下，还有呼吸和心跳。他的心跳很快，每分钟120～150下，正常人都难以坚持。

久姨自己也看不下去了。舅舅来医院陪她时，他们也有讨论。久姨打电话给我，要我尽快到医院来，一起商量是否继续救治。我赶到医院时，久姨父的心跳在机器的快速运转下已经接近每分钟 200 下，身体高频率地颤抖着。

久姨说，她也不忍心看着姨父继续这样痛苦地维持已经没有意义的生命了，想停机，但自己下不了手，让我帮着决定。我找了护士，要求停机。医院被久姨父的单位嘱咐过要尽全力抢救，不好出手停机。最后，在久姨表示同意撤机的签字文件及家属的见证下，护士关闭了那台维生机器的电源。

在停机的那一瞬，我看到久姨父那紧绷且随着机器的节奏颤抖的身体一下子放松下来，是那种从骨骼、肌肉、神经到皮肤的完全放松。慢慢地，他停止了呼吸。痛苦的维生折磨终于结束了。此刻我内心反而平静了。我抚着久姨的肩膀说：“姨父不再痛苦了，停机的决定是对的。”

久姨父是在全力抢救中走过最后时光的，那是让患者的身心和家属的精神都痛苦煎熬的过程。这样的死亡，太令人恐惧了！

久姨父为家人受苦的画面一直深深刺激着久姨的神经，让她开始怀疑自己。她说：“我不该自私地劝他为我坚持，尽管我的本意是希望他坚持一下或许会有奇迹发生，但却让他那么痛苦。”

但毕竟，给久姨父安眠药这件事也不是久姨能做到的。当时，除了安眠药、抢救这两条路，还有其他路可走吗？没有！

再后来，久姨自己得了肺癌，发现时已经骨转移。坚持了一段时间肺癌靶向药物治疗，最终还是恶化了。但好在最后的转移是脑部占位，久姨没多久便陷入昏迷无知觉的状态，因而没有遭遇癌末的疼痛折磨，也就没有在医院进一步救治。表妹在家里把她照顾得很好。直到濒死时我们才送她到医院，入院当晚她就走了。

在因癌症离世的亲人中，久姨是唯一走得不痛苦的。

久姨，是妈妈的三妹，因小时候得过肺结核，家长希望她能活得久一些，于是小名就叫小久。我们晚辈喊她久姨。

③ 三姨选择自主控制死亡进程

三姨是母亲的二妹妹。在母亲和三姨之间原本有个二姨，少年时因肺炎去世。妈妈她们姐妹四人，久姨和老姨在北京工作到退休；妈妈在长春东北师大附中退休；三姨在西北师范大学退休。

我和哥哥都在北京生活，爸妈退休后也于1994年来到北京。三姨的小儿子也在北京工作。三姨退休后，为离小儿子近一些，也为了跟在北京的姐妹相聚方便，便来到北京生活，并在老姨家的楼下租了房子。姐妹四个就算聚齐了。曾经一段时间，她们四人经常相约去公园赏花、拍照，或是去各家聚会。

三姨的小儿子很优秀，人民大学研究生毕业，先去了联合国工作，回到北京后在外企工作。他是三姨的骄傲，但是他很忙。

2012 年，三姨感到身体不适，实在忍不住了才跟儿子说。儿子带她去医院，确诊为肺癌，已有胸腔积液导致呼吸困难。表弟纠结要不要告诉母亲实情。我说："三姨是大学教师，那么聪明，你要定期带她去医院抽胸水，她自然会有猜测。不如告诉她实情，一起商量，配合治疗，让三姨自主决定自己的生命怎么安排。"其实这是我妈妈的意见。三姨已经有所猜测，并跟我妈妈说了自己的纠结——到底要不要假装啥也不知道，配合儿子演戏。因此告知三姨之后，她很淡定地接受了这个现实。

表弟通过国外的关系给三姨买了肺癌靶向药，还请保姆照顾她。三姨按时服药、积极配合，服药后基本自理地生活了两年。但靶向药也令三姨严重脱发，一次我去给她理发，感觉她的状态不太好，人很疲乏，连给我开门都有些吃力，服药导致的脱发让她几乎没什么头发了。

三姨是个要强的人，什么事都亲力亲为。一次上厕所时不小心滑倒了，大腿骨骨折。我们送她去医院，医生说她的骨头已经被癌细胞侵蚀得如蜂窝般，无法在断骨两端找到可以借力接骨的点，但三姨坚持手术固定。最终手术还是做了，骨错位修复了，疼痛缓解一些，但恢复是不太可能，结果是长期卧床。卧床后，三姨吃饭、洗漱、大小便都在床上，每次动作都会刺激到伤处，疼痛与无力感可想而知，她很难接受这种生活状态。

雪上加霜的是，房东听说三姨癌症病危，表示人若死在他的房子里，会影响他房屋后续出租，转告家属请送病人去医院度过最后时刻。房东的意思是通过我转告给三姨和表弟的，三姨表示理解房东的心情。几经周折，她住进家附近的一个对百姓开放的军队医院。

在病房里，三姨拒绝吃饭，谁劝也没用。她还拒绝医院给她用药及营养液，拒绝任何急救措施，疼就忍着。我听说后，赶到医院探望。她看到我，点点头，对我微笑。我说："三姨，现在已经住院了，比在家里安全，您得吃东西恢复体力才行。是医院的饭菜不好吃吗？要不要我回家给您做点您喜欢的东西吃？"三姨虚弱地说："不要，什么也不想吃，受够了，想早点走。"

早点走？！用拒绝治疗、拒绝进食，加速自己的自然死亡？我瞬间迷茫了……

百忙中，表弟抽出时间来病房看三姨，我疑惑地问表弟："三姨不肯吃东西，你知道吗？"他点点头，望向自己的母亲。他们母子默契地微笑着。

那一刻，我明白，三姨的选择是说服了儿子的。

那是2015年，三姨选择自己主宰自己的死亡进程。并且，她给我留下的是虚弱却自信、温暖的微笑，那是她印在我脑海中最后的美好样子。她清醒、淡然、平静地面对自己的死亡，并给亲人留下美好的微笑，令我非常钦佩、敬重。

| 第三章 |

母亲坦然面对癌症，却没逃过痛苦的死亡

❶ 她的生命她做主

三姨患肺癌，儿子不告诉她实情，三姨为了不给儿子增加心理负担又不敢问，还要配合儿子演戏，很辛苦。听了三姨的苦恼，母亲特别跟我强调："以后若是我患了癌症，一定不要瞒着我。我的生命我做主，我要自己决定生命如何结束。"我说："如果有那么一天，我一定告诉你，我们一起商量、一起面对。"

2013 年国庆节，母亲因肺炎住院。床旁拍片，结果显示有肺部占位。当时她已 86 岁，医生说这个年纪肿瘤生长缓慢，不建议手术，而是保守治疗，预计生存期两三年，其间大部分时间可以实现有品质的生活，这样对老人家更好。母亲那时还不知情，以为只是肺炎，治好了就能回家。我和哥哥想着该怎样告诉她这件事，因为我平时跟妈妈交流比较多，于是接下了告知坏消息的任务。

一天，我给妈妈理发，快结束时我俯身在她耳边轻轻地说：

“妈妈，跟您说个坏消息吧。”

“怎么了？”

“您的肺部拍片结果出来了，医生怀疑是肺癌。”

妈妈沉默了一下：

“啥程度了？”（之前我的两个姨发现得都比较晚）

“嗯，不大，不到一厘米。如果想进一步确认，可以做穿刺。但是医生说您这个年龄肿瘤长得很慢，就算不做进一步治疗，生存期也有两三年，做手术可能反而对身体伤害比较大。”

“那就不治了，但是先不要告诉你爸爸。”

“为啥？”

“你爸爸怕我死在他前头，告诉他的话他会有压力，不能直接跟他说，这件事我自己找合适的机会慢慢跟他讲。”

妈妈很淡定，说能活两三年她很知足，心脏病复发都不知道还能不能活两三年呢！于是，妈妈连穿刺都不做，就只吃些靶向药，生活照旧。当时肿瘤很小，对她的生活还没有什么影响。我每周过去两次，帮着做饭、收拾屋子，跟她聊聊天。后来在我们的劝说下，父母请了小时工，每天去打扫房间，做顿午饭。

几个月后，妈妈才让爸爸知道这件事。

当时爸爸给我打电话，急得不行。他不信我妈说的自己还能活两三年，担心我妈骗他，问我这是咋回事儿。我急匆匆地赶过去，把来龙去脉如实跟父亲讲过后他才相信，并表示会多做些家务，照顾好妈妈。

爸爸干活积极起来，抢着买菜、择菜、做早餐，还主动嘘寒问暖，妈妈说都有点不适应了。爸爸晚上也不再像过去那样看电视看到“再见”才睡觉，而是会在妈妈的床上跟妈妈聊聊天，再回到自己房间睡觉。每天半夜还会起来看看妈妈的被子盖好没，睡得好不好。

那段时间父母的感情很好，他们越来越亲密。看到爸爸的改变，妈妈也很欣慰，给我打电话时，讲的大部分都是爸爸的表现。比如，“你爸每天半夜过来看看我，他以为自己轻手轻脚的，但他耳朵背啊，走路还抬不起脚，来看我反而把我吵醒了。我又不好打击他的积极性，就假装睡得很好。”然后我俩就在电话里笑得不行。

一天，妈妈像小姑娘争风吃醋一样地告状：“你爸心里住了别人了，你得帮我管管他，不然我跟他没完。”我爸也打电话来告妈妈的状，说她无中生有冤枉他。这事儿有点大，我赶过去过问咋回事，老妈告状说：“你爸关心 ××× 小时工，关心得过分。”老爸得意地笑了：“只是说了几句关心的话而已，你妈妈想到哪里去了？没想到你妈妈还能为我吃醋，看来我这个老头子还是有魅力的。”所以实际上啥事儿没有，就是撒点“狗粮”。我表示一下羡慕，他们还很开心。

妈妈生病后，爸爸妈妈曾经淡漠的关系（谁也看不上谁，彼此挑毛病，说着说着就争论起来，然后老爸看电视逃避矛盾）有了很大改变：爸爸更注意呵护妈妈，妈妈也更在乎、更关注爸爸了。

❷ 帮妈妈完成心愿

尽管妈妈看起来很淡然，但当一个人知道自己的生命期限时，还是会有很多纠结。有时妈妈会说不要给她买东西，浪费了；有时她会一个人发呆、写日记。

我给她分析："预计三年生存期，最后一年大概就不能动了。咱要把前两年的时间安排好，好好生活，该吃吃该穿穿，别存钱，舍得给自己花钱并享受生活的美好才是您该做的。所以，谁给您买好东西就接受，那是我们对您的爱，您能感受这份温暖就可以了。"妈妈同意了。

我问妈妈："您想想自己还有什么愿望要实现，我们用两年时间帮您把想做的事情都做了，别留遗憾。您负责想，我负责帮您实现。"妈妈说，首先要在自己状态最好的时候去照相馆照全家福，要照一组照片，四世同堂的、老两口的、老两口跟每个小家庭的。

"好，我们来张罗！"

时间安排在2014年春节期间。哥哥找了离自己和妈妈家都不远的金源燕莎的中国照相馆预订照相事宜。我通知在日本学习的女儿回国拍照。姥姥带了她好几年，她们的感情很深。聚齐了儿子儿媳、孙子孙媳和重孙子，以及我们一家三口，一大家子穿戴整齐去中国照相馆照四世同堂的全家福系列照片。我们一组一组拍，换房间、换姿势，拍照全程妈妈都不觉得累，还很兴奋。

看着取回来的照片，妈妈很开心。四世同堂的那张很大，如一幅油画般挂在妈妈的客厅里；老两口的、老两口跟各个小家庭的合影，也都分别摆放在房间各处。妈妈说，四世同堂这张照片拍得太好了，每天都看也看不够。老两口的合影她也很满意。完成了全家福这个心愿，她觉得特别幸福完美。她还让我打印一些六寸照片，给她的弟弟妹妹和朋友们分享她的幸福。

妈妈第二个愿望是在她活着的这两三年里，晚辈们每个周末来她家里，四世同堂一起吃团圆饭。她说，能看到家人每个周末聚在一起吃饭聊天，是她剩下的人生中最大的幸福和念想（之前都是各小家分别找时间去看望他们）。

于是大家商量之后，约定每周日下午六点在妈妈家里聚餐。从此，无论什么天气，我都会在周日下午两三点从我家出发（北京房山），经过一个多小时的路程后到达妈妈家附近的菜市场，买些青菜和鱼肉，然后到家开始准备十个人的晚餐，一般是8～10个菜和一个汤。傍晚五点左右，妈妈就开始坐在窗前向外张望，等待儿孙陆续到来。妈妈拿出家里的零食、水果给大家吃，客厅里欢声笑语。六点准时开饭。饭桌上妈妈很忙，忙着给儿子、孙子、儿媳妇、孙媳妇夹菜，看大家吃得好、吃得多，她才开心。

我不太会做菜，但小时候父母做过的菜我也基本能做出来。其中最受欢迎的是从爸爸那里传下来的炸肉段和妈妈那里传下来的汆酸菜。

我对炸肉段做了减法改良：用土豆淀粉加足够的水溶解，只放盐和胡椒粉，更强调经油炸后肉与胡椒粉结合的简单的香。上桌后还要加一小碟胡椒盐蘸着吃，那种胡椒与盐粒入口后对舌尖的刺激以及随之而来的肉香，令大人和孩子都欲罢不能。一般是看到大家陆续进家门，我便开始炸，边炸边被大手小手抓走吃了。即使准备两大盘子，等到饭菜上桌时，炸肉段也基本已经所剩无几。

哥哥的小儿子体重有些超标，嫂子埋怨说，姑姑别每次都做炸肉段，那么高热量，管不住自己嘴的人更没办法减肥了……话虽这样说，但她和她儿子还是忍不住来吃。有一次我真的就没做炸肉段，结果小侄子悄悄问我："姑姑，你咋不做炸肉段呢？我每次来奶奶家最想吃的就是您做的炸肉段和酸菜！"哥哥的小孙子吃不到炸肉段也很失望，碎碎念道："姑奶奶，啥时候做炸肉段？"孩子姥姥甚至要跟我学炸肉段的做法，回去给她失望的小外孙弥补这一口。你看，停了还是不行吧！于是这道菜下周就恢复了。

我自己做的俄式凉拌菜、萝卜丝丸子汤、红烧鱼晚辈们也很喜欢。我们家人的饭量都不小，妈妈看着大家吃得欢，就会很开心。

儿媳妇和孙媳妇都喜欢吃鱼，所以每次至少要做一条鱼，经常是做两条——清蒸一条、红烧或油煎浇汁一条。妈妈每次都把鱼肉夹给儿媳妇、孙媳妇，还有儿子、孙子，自己舍不得吃，或干脆不吃。

有一次大家吃完饭走后，我收拾桌子，妈妈不让我扔鱼的残羹，说这条鱼看起来挺好吃，她还没尝尝呢。于是她就嗦喽鱼边边、鱼头。

我问她："吃饭的时候您为啥不吃呢？足够的啊！您不吃还说别剩下浪费，逼着他们打扫干净？"

妈妈说："我愿意看他们吃，我吃不到也高兴，不行吗？！"

"行，当然行，您高兴就行。"

之后每次吃饭，我都会先给她碗里夹一块鱼。她想转夹给别人，我便威胁她："你不吃，我就告诉她们你没得吃，只能饭后嗦喽鱼边、鱼头。"妈妈瞪我一眼，作罢。

饭后，妈妈劝大家吃水果，跟孙子、重孙子玩儿，跟儿子、儿媳妇聊天，再把厨房收拾好，这个聚会就圆满结束了。

每周都能看到四世同堂围绕在她左右，她感到很欣慰。这样幸福的日子一直坚持到第三年。

妈妈的第三个愿望是想回老家看看。

趁着她身体还好，我也想带她和爸爸多出门走走，不只是回老家，还要看看外面的世界。说到带他们出去看看，我就很惭愧。妈妈之前说过好几次："等你啥时候不忙了，带我们出去玩玩儿。"我一直都忙于工作，总想着忙过这段就带他们出去，但紧接着又有新的任务要忙。心里想着要腾出点时间，行动上却又停不下脚步。等到我终于放下手里的事想带他们出去，但时光不待，转眼妈妈已经得了癌症，体力不支了。想给她更好的生活，但时间已经不多。

之前也带父母出门旅行过，但妈妈一辈子不肯坐飞机，说坐飞机可能会掉下来，死得太惨、太恐怖。她的“恐飞机症”导致我们坐飞机出门也不敢告诉她，不然她会跟着担心。也因为她不肯坐飞机，很多旅行计划也都无法实现。我们能带她去的地方，一定是开车几小时就能到达的。2006 年到 2009 年，我开车带父母去过山西大同的云冈石窟和悬空寺，还去过承德避暑山庄。

妈妈生病后，我问她最想去哪里，她说她的童年在大连度过，喜欢海，想去海边住住；老家在辽宁兴城，还想回老家看看。

我们在山东乳山买了房子，带父母去住了两次，还带他们去威海、青岛转了转。当时父母的腿脚都有些问题：父亲在一次肺炎之后走路抬不起脚，肢体也有些不协调，容易摔跟头（后来发现是帕金森）；母亲膝关节痛、腰痛。我给他们每人都买了一个可以带上飞机的钛合金轻便折叠小轮椅，每天开车带他们去海边，他们就坐在轮椅上看大海，有时推着轮椅溜达溜达，捡点海货。乳山海岸线很长，隔段距离就有个有雕塑的小广场，我带着他们走遍了二十多公里海岸线上的每一个小广场。他们推着或者拖着小轮椅散步，到合适的地方就坐下来吹海风、聊天。那段海边生活很惬意。

爸妈喜欢海边的生活，想在这里住得久一些，为此想买一套有电梯的房子自己生活在这里。但当时的高层大多品质较差，而且这里的配套设施还不完善，没车寸步难行，我阻止了他们看房、买房的冲动，大不了我们多来几次。

想想有些后悔的是，当初在他们体力还可以的时候，应该放下工作，在这里陪他们住上半年一年的，那样妈妈也会心满意足；可我当初执着地觉得工作离开自己不行。那时我们的品牌设计走进广场舞服装领域，并在该领域成为一枝独秀，给国内有名的编舞老师设计新款服装都是我亲力亲为；跟我一起做事的员工、我对她们的责任，这些也让当时的我无法放下一切。

如今想想，妈妈那时只有不到两年的行走时间了，但服装设计的机会有的是。当初我不做，自然也会有其他品牌跟上，而妈妈的期盼错过就没机会实现了。往往身在诸事之中时，难以做到放下，而是更想兼顾。

2014 年下半年，妈妈经常出现上不来气的情况，我们起初以为是肺的问题，但医生看过后说不是。妈妈年轻时心脏就不太好，医生认为是心脏的问题导致心衰才上不来气。

2015 年春节，哥哥带的春节礼物中有一个鱼形的年糕点心，晚餐蒸了这条“鱼”。妈妈吃了一口，还没等哥哥一家离开，她就开始大口喘息，人快背过气的样子。我们急忙送妈妈去了医院，在进行了各项检查后发现，既不是肺导致的，也不是心脏的问题，竟然是因为食物过敏！黏米过敏！而且这种过敏的反应就是呼吸道黏膜水肿，导致呼吸困难。想起妈妈之前经常出现上不来气的状况，黏米都过敏，还有啥不过敏呢？后来妈妈吃东西很小心，试着吃。然后发现，豆制品也过敏，酱油都不行；肉类过敏，猪肉、牛肉都不能吃了；大米也过敏，只能吃小米。海鲜过敏，但是吃少量新鲜螃蟹反而没事（妈妈是海边长大的）。

那段时间对妈妈打击很大，为了不让自己过敏，大部分食物她都不吃。一段时间后她出现营养不良的症状，眼睛干涩。妈妈说，活着没意思了，可以早点走。妈妈很消沉，我担心她的身体和精神状况，觉得有些事如果不赶紧做，以后会更艰难——妈妈还有个愿望没实现呢。再不带她回老家看看可能来不及了。于是我就跟妈妈说："我们去你的老家看看吧。"

我和哥哥陪父母去了母亲在辽宁兴城东辛庄的老家，以及老家所在的兴城老县城。老家已经没什么亲人了，她的同辈都已经过世。

她叔伯哥哥（我叫大舅）的儿子和女儿还依然在这里生活。当年大舅一家在辽宁老家，地少人多，吃不饱饭，正赶上我们家已经下乡到吉林省桦甸县。我父母跟当地朋友商量，帮大舅一家迁到桦甸县八道河子公社后顶子生产队。大舅、舅妈、大哥道明、二哥道亮还有道丽妹妹一家五口便在后顶子安了家。他们能干，吃饱饭自然没问题，还用他们的果树养殖与嫁接技术，帮助村里培育了抗寒的果树。从辽宁来到后顶子，一家人的温饱得以保障，还因为有技术而成为很受当地尊重的一家人，大舅心里对我父母很是感恩。

后顶子和我家所在的头道沟隔着一座山，我们经常翻山往来。我家回城后，哥哥再度上山下乡，去了后顶子做知青，大舅一家对哥哥也多有照护。改革开放之后，他们又回到了老家兴城。妈很高兴能在老家见到道明和道丽，拉着他们的手聊不够。这是我和道丽分别后第一次见面，她已经从一个圆脸的少女变为身材苗条的奶奶，结婚后随夫家住在兴城海边。

妈妈回到老家很开心，之前说活着没意思的状态一扫而空。

在道丽家吃农家饭，是新捞的螃蟹。我也第一次看到海螃蟹刚出水是一个夹着一个的，很欢实。道明哥家杀了猪，主菜是土豆和豆角炖猪肉。生活在城市里的人，很久没吃过自家养的不喂饲料，而是喂淘米水、菜叶、玉米的猪的肉了。那肉香得呀！闻着香、吃着更香，猪肉炖豆角我和我哥每人都吃了两大碗。妈妈在这里吃了新鲜的螃蟹，没过敏；新鲜的猪肉，也没过敏。她外甥知道她大米饭过敏，给她单独做了小米饭，她吃得热泪盈眶。

我们还去兴城老城转了转，这是她父亲读书、生活过的地方。妈妈知道这是她最后一次回老家，所以只要身体能坚持，她就不肯停下。

从兴城回到北京后，北京的食物依然让她过敏，这让她很绝望。

一次偶然的机会，妈妈在院子里遛弯，遇见她楼上的邻居，得知对方是海淀医院的秦医生。秦医生在得知妈妈食物过敏后对妈妈说，她在台湾进修时读的一本书里提到，食物过敏的人可能是维生素缺乏引起的，可以试试在吃饭前五分钟吃两种常见维生素，就有可能缓解过敏。

妈妈立刻让爸爸去小区里的药店买药。当天晚饭时先服药、再吃饭，奇迹出现了，妈妈吃块肉没过敏，然后吃大米饭也没过敏…… 有了维生素保驾护航，妈妈基本可以正常吃饭了，身体也慢慢得以恢复。

这期间，妈妈的学生，王叔叔、郑叔叔、魏叔叔、多实子阿姨，在得知母亲患了癌症后，相约来北京看望她。他们都是令母亲骄傲的学生，三位叔叔大学毕业后都在军工行业工作，多实子阿姨回到日本后一生都在从事中日友好工作，他们四位是妈妈一生的“铁粉团”。妈妈当时 87 岁，他们也都 80 多岁了，分别从武汉、云南、哈尔滨、日本东京来到北京。他们和母亲是师生，更像是一生的挚友、姐弟姐妹，师生情与亲情相融合。

我从小到大看着这些叔叔阿姨来家里看望母亲，每次都如亲人般地说家常、说自己的成长。这时妈妈就像个大姐姐一样，温暖而满足。

饭桌上，当年在课堂上淘气、古灵精怪的魏叔叔，说起妈妈故意安排多实子阿姨与他同桌的往事，魏叔叔因此规矩了很多；多实子阿姨讲魏叔叔变着花样淘气的故事；王叔叔和郑叔叔讲起多实子如何管魏叔叔的故事。

多实子阿姨回日本之前，将自己的红领巾和日记托付王叔叔保管，结果王叔叔在运动中被抄家、颠沛流离了几年，多实子阿姨的珍藏也不知所踪，王叔叔每每提及都说抱歉没给她守住。

多实子阿姨是一个日本人。她父亲是当年日本将长春作为伪满洲国首都（改名新京）时给当地大学派去的教授，也是日本投降后主动留下来帮助建设中国的那一批日本友人。多实子阿姨便在中国读书、受教育，是很积极向上的少先队员，红领巾对她而言意义重大，中国是她的第二故乡，在这里接受的启蒙教育影响了她一生的生命走向，妈妈也是其中一位影响她的人。

她随父母回国后一直积极推动中日友好，嫁给日本共产党员神崎先生。工作后主要为中日之间的高层交流做同声传译，并在 NHK 电台从事与中日友好相关的工作，还给周恩来总理做过翻译，为中日人民友好事业做过很多贡献。她还著书立说，培养了很多年轻的中日双语同声传译员，在中日两国同声传译界享有盛名。我认识的一位学习同声传译的中国女孩说，很多学习中日翻译的中国人都要看神崎多实子的书，很敬仰她。

多实子充满正能量，坚信共产党领导下的中国才是有希望的中国。妈妈很喜欢、很钦佩这样的多实子，为她感到骄傲。当然，这几位学生都是母亲的骄傲。他们在各自的领域都有傲人的成绩。

每当多实子阿姨随中日交流团访问中国或者应中国政府

之邀来北京时，都会提前跟其他三位铁粉团成员打招呼，安排时间一起跟老师相聚。每次相聚妈妈都会感到很欣慰、幸福。四位学生跟老师的聚会，已经成为母亲生活中的一部分。

这次聚会由我和哥哥安排接待并陪同。先在家里坐坐聊天，再到酒店订个包间边聊边吃，饭后大家拍了合影。饭桌上欢声笑语，四位80多岁的老人在老师面前欢乐得像个孩子，讲故事、罚喝酒，甚至还互相跟老师打小报告揭丑，那氛围真的很温暖、很欢乐，妈妈特别开心。她说，这是她生命中最后一次跟她最爱的几位学生聚会。虽然不是她提出的，而是多实子阿姨创造机会实现的聚会，但这无疑也完成了妈妈的一个心愿。

妈妈生命最后一直放在身边的两本影集，一本是她的父母和家人的老照片，另一本就是她从当中学老师开始的学生的相册。老照片是她生命的回顾，学生的照片是这一生只做一件事——高中数学老师的成就与人生意义。

这次聚会后，每次拿起聚会的照片时，她都会想起当时的欢乐情景，禁不住欣慰地微笑起来。

3 身体逐步衰弱，特别依赖家人

确诊后的三年时间里，我带母亲去中医院看过病、抓过药，当时肿瘤还很小，医生建议可以考虑直接冷冻掉，再配合中药进行治疗和恢复。征求了原来医生的意见：医生说不建议刺激这个肿瘤，不刺激还能有两年时间，刺激了就很难说。妈妈也接受不刺激的建议，便没做冷冻治疗。

听说北京市瑶医医院治疗癌症比较有办法，我也带妈妈去那里看过病、开过药。但是妈妈从小就是超级不喜欢喝药汤的人，哪里开的药她都难以坚持喝完一个疗程，就以各种理由不喝了，还振振有词地说："我啥药也不吃不是也能活两年呢吗？够本儿了！"

于是，中药、瑶药都半途而废。

生命是妈妈的，她愿意怎么做我都得尊重。虽然有时忍不住劝她坚持把药吃完，再看有没有效果，但面对她以各种理由跟我掰扯时，我就只好乖乖让步。

她说她现在每活一天都是赚的，不要求什么了，唯一想要的就是亲情陪伴。于是我就尽可能多地创造机会陪伴在侧。

随着病情的发展，母亲对我的依赖越来越强烈，即使每周我至少三次出现在她面前，她依然会时不时打电话来问我在干啥，或者找个由头喊我过去一趟。每到这时，我也都会放下手上的工作赶过去。这样的及时到达令母亲很心安，但父亲有些看不下去，有时会说："她昨天不是刚来过，你怎么又喊她？"然后让我赶紧去忙自己的事情。

那段时间，我基本上是不能离开北京的。最有代表性的一件事是：我和先生要去一趟山东，跟妈妈说我一周就回来。妈妈问我还能早点回吗？我说那就五天左右吧。

结果第二天早上出发，车刚出北京还没到天津，妈妈就来电话说：“你们到哪儿了？注意安全啊！”我说：“我们挺好的，放心吧！”

两小时后我已经进入山东省域，妈妈又来电话说：“你们到哪儿了？我血压有点高，150 左右。”我说：“您吃降压药吧，好好躺着休息就缓解了。”

又过了三小时，我已经进入烟台地界，妈妈再次来电话，说自己的血压 180 多了，头疼、心慌。正在开车的先生无奈地说：“你得回去，不回去她肯定就病倒了。现在就打电话告诉妈，说你马上坐飞机回北京，我现在就掉头送你去烟台机场！”

于是，我给妈打电话说我马上到机场飞回北京。

她说：“不用吧？”

我问：“真的不用吗？”

她说：“哦，你不是已经去机场了？那就回来吧，我想你了。”（我离开刚刚 7 小时。）

我到烟台机场买了最早一班机票回北京，下了飞机就往妈妈家赶。我走上楼梯，妈妈开门迎接我，她靠在门框笑嘻嘻地说：“哎呀！真神奇，一听说你回来，我的血压立马就下来了！现在我的血压不到 140 了。”我当时心里就想：好吧！你任性、你能作，我当你是我的小宝宝好了。老妈怎么越来越像个孩子一样呢？

为了方便照顾生活不便的母亲，我跟父母说要接他们来我家住。妈妈说住在一起不方便。

我们当时正好从小三居换四室一厅大房子，两套房在同一个社区。我跟妈妈说，我的小三居先不卖了，留给你们住，我再请个阿姨两边收拾并在你家做饭，我们一起吃，工资我出。这样你们和我住得近，也方便照顾，还互不打扰。

妈妈同意了。当然，这类事情爸爸一般都是听妈妈的决定，他说，你妈同意的话我没意见（这似乎是我爸经常说的一句话呢）。

于是，小房子的家具电器我们什么都没动，保留下来给父母用。新房子里所有家具和电器都重新购置。等我们都安置好了，跟父母说可以搬来了，我妈却说，她觉得还是自己家好，自己的家自己说了算。我说："你去小三居住也是你的家，是你自己说了算啊。再说，我房子都给你准备好了啊！"她就急眼了："你别管，我想在哪儿就在哪儿，我不能到老了连个自己的家都不能回，我哪儿都不去！你的小三居该卖就卖了，反正我不去！"

我很无奈，心想：妈，您就这么任性吗？但我必须得尊重我妈的意愿，她说不去那就不去吧。但是，不住在一起，妈妈的依赖依旧在，那就只能是我辛苦一些，两头奔波，我认呗。

到第三年年初，母亲已经行动不便，父母的自主生活能力越来越差，小时工只是中午一顿饭的照顾已经远远不够，其他需求都是我来补充。但我不敢保证能次次及时，就建议请个 24 小时的保姆，最好就是现在给她做小时工的这位，人熟悉还放心。妈妈坚决不同意，说不习惯家里住个外人。

我说："可以把负一楼咱家的六平方米储藏室收拾出来做

保姆间，白天她照顾你，晚上自己回保姆间住，不会打扰你们。”爸爸觉得这个建议挺好的，既解决了照顾问题，也解决了妈妈的担忧，还可以让我安心，不用那么频繁地跑来跑去。我跟小时工谈好了，她也很乐意。于是我就开始收拾储藏室。结果，转天妈妈就不干了，说我和我爸背着她做决定，没尊重她的意见，她还没真正同意呢！

周末，家庭聚会的饭桌上我跟哥哥说起这件事，哥哥和嫂子也都觉得这个方案很好，做医生的侄子也同意，既然奶奶不肯离开家跟姑姑走，那请个阿姨是最好的。

妈妈一看大家都觉得她的坚持不合理，不高兴了。说不习惯有外人在家里，万一保姆偷东西呢？万一……总之就是各种不乐意。我侄子甚至跟她说：“奶奶，您就算心疼一下我姑姑，请个阿姨吧。”妈妈说：“我不愿意的事情你们非逼着我做，我心情不好，身体能好吗？”

于是，大家都无话可说了。

我继续每周三四次从房山到海淀的母亲家买菜、做饭、陪聊。忙不完或者妈妈不舒服时，我就要住在父母家。家里是两居室，父母各住一间，去照顾他们的日子我只能在客厅睡沙发，沙发还有点短，睡觉时就窝着脖子、屈着腿，当然很难休息好。身体的疲惫让我有时开车在路上就打起了瞌睡。

父亲爱忘事，经常忘记关火、关水龙头。妈妈经常为这些事埋怨父亲，说他已经老年痴呆了。父亲想努力做到不忘事，结果却越担心就忘得越多，被妈妈发现他又忘记冲厕所、从外面回来忘记取报纸、择菜择一半又坐下看电视了等。

这让我感到很紧张、很担心，虽然妈妈还是嘴硬地说可以自己照顾自己，但实际上，我除了每周要住在父母家三四天照顾他们以外，周日白天还要去准备每周日的家宴晚餐。不过即便这样，也能感受到父母已经力不从心。

父母不肯过来与我同住，女儿在国外读书又用钱，我们手头紧，考虑要不要卖掉给父母留的带家具电器的小三居。在这之前，我们也跟妈妈打过招呼，试探她有没有改变想法。我问她来不来，不来我可卖房子了。妈妈说，她要坚守在自己家这个阵地上，让我赶紧卖房，省得老惦记她搬过来。

好吧，我卖房子去！来了几拨看房的，我跟人家说家具电器一应俱全，拎包入住。买家说，他只买房子本身，房子里的家具电器让我搬走，当然，白送也可以留下。这些家具电器一时成为纠结和负担。我心想，凭啥白送啊！最后，我同事要买我的小三居，家具电器都赠送了。呜呜，妈妈的任性让我损失一屋子的钱。但这是同事，至少是我们之间有情分在，心甘情愿。

我再问她："我家现在只剩一套四居室房子，您认为可以来我家住的时候，就只能住在一起了，您介不介意？"她说："不介意，住一起热闹！"之前明明说过住在一起彼此不方便，最好是住得近，互不打扰还方便照顾。老人有时候就是这样翻来覆去，矛盾、纠结、放不下，然后再自己说服自己。她承认她对女儿很依赖，看不见就心里没底、没有安全感。

④ 生命末期将至，刺激母亲的求生欲

母亲的腰腿痛越来越严重了，拍片显示广泛骨转移。口服骨转移药和止痛药都会引起胃肠剧烈反应，于是只好住院接受局部放疗。

这是我第一次见证放疗对人体的打击。妈妈虽然骨转移疼痛，但精神还是不错的，吃喝都很正常。住院之初，她在病房还是比较活跃、能聊的人，跟左邻右舍都打得火热。随着放疗次数的增加，人越来越虚弱，最后连上下床的力气都没有了。一个疗程还没完，她担心自己就这么被放疗致死，直接放弃了后面几次，出院回家。但放疗后的确是一段时间不疼了。

尽管当初她潇洒地说自己不在乎，能活两三年很够本。但真到了第三年，她的求生欲却越发强了，特别希望再多活两年。她对做心内科医生的孙子说："我现在开始听话，好好吃药，能不能让我多活一两年？"孙子无语。

眼看妈妈的身体状况更不好了，那年 4 月初，我终于说服了妈妈，接他们来我家。我请了保姆，但这保姆做饭太难吃了，无奈之下我只能自己做饭，保姆只需帮忙打扫卫生、照顾母亲。

母亲来到我家后，专门找我先生聊了一次。向他表达这些年来他做了这么多，其实她心里都有数，也很感激；她知道女儿和女婿是她可以依赖的人，现在她身体不行了，能住

到女儿女婿家来，她很安心。

妈妈的病情激发着她的求生欲，她总期望有什么奇迹出现，特别关注有没有什么抗癌新药实验期招募，希望可以给她试药的机会。住到我家后也让我上网查，但是什么都没有。

她承认当初不好好喝药是错误的，问我现在能不能再带她去瑶医医院看看。我挂了号，覃教授看了看病历和现在的检查结果，问妈妈："您两年前来我这里看过病，当时肿瘤很小，吃几个月的药就可以控制，为啥不坚持治疗呢？如果坚持，您或许早都好了。"妈妈无言以对，却跟教授说："我现在想住在你这里好好治病、好好喝药，可以吗？"

就这样，妈妈被收住院了，爸爸一个人在家，我两头照顾忙不过来，就跟医院商量要了单独的病房，父母一起住院。母亲接受肺癌治疗，父亲做身体调理，保姆做护工。那是四月下旬，暖气虽然停了，但天气还不够暖。瑶医治疗安排药物口服和外敷，外敷的药膏在敷疗过程中由微烫到凉，尽管有红外线灯烤着，但妈妈还是着凉了，后来发烧又转为肺炎。瑶医医院对急性肺炎没有快速解决方案，建议到综合医院治疗，妈妈又被紧急送往综合三甲医院呼吸科。

❺ 妈妈的第一次病危通知与生存奇迹

到了三甲医院，妈妈住进了呼吸科病房。经过一段时间的治疗，她的烧退了，炎症也消了。但医生说患者有一点消化道出血的现象，于是绝对禁止进食，只给液体支持。禁食一周后，妈妈已经饿得蔫蔫软软的，整个人极度虚弱，其他脏器也变得很脆弱。

于是，虽然肺炎解决了，但医生却下了病危通知。医生说患者综合情况并不好，已经到了生命末期，也没有什么更好的治疗方法，消化道出血也不能靠吃东西补充营养，估计还有一周左右的生存期。医生还说，三甲医院病床紧张，像输液维持这种状况，建议去社区医院；当然，也可以接病人回家。

妈妈太饿了，虚弱地说，她担心自己没病死，却先饿死了。 我们都没敢跟妈妈说生存期一周的事。只是问妈妈："肺炎是好了，但因为消化道出血不能进食，在医院只能靠输液补充营养。您有什么想法？是在医院继续住着还是回家？"她说她不想做个饿死鬼，想回家吃点米汤喝点粥，吃饱了再说。父亲听说只有一周的时间，也希望接妈妈回家，这最后一周，他要陪伴妈妈。于是我跟妈妈说："咱们回家吧。"

我接妈妈回家那天是 2016 年 5 月 8 日，她虚弱得都坐不住。我把副驾驶的椅子放倒，让妈妈躺着，她有气无力地转头看着窗外匆匆掠过的景色说："唉！不知道还能再看几天路边的景色。"她很留恋这个世界，我心里沉沉的……

接妈妈回家后，我用最快的速度熬了小米粥，将米汤晾到温度合适后端到妈妈眼前，喂妈妈稳稳地喝了一小碗。妈妈吃得很舒服，很满足地说："终于不挨饿了！"

我知道医生说妈妈消化道出血，不能吃东西。但得过胃炎的我更知道，当胃里没东西时，胃的蠕动反而更伤胃。空腹时间久了，甚至会在嘴里感受到血腥味。我宁可相信自己的感受，希望妈妈通过逐步进食，缓解胃出血。

我和妈妈向来都觉得西医所认为的轻度消化道出血就不能进食很不科学。妈妈中年时得过出血性胃溃疡，还做过胃切除，她也经历过轻微消化道出血吃流食得以缓解的过程。所以我们总要试试喂米汤、喂小米粥给她养养胃，胃暖了、有内容了，胃肠就都舒服了，这也是为了满足妈妈不想做“饿死鬼”的愿望。

我从每隔一两个小时喂妈妈喝一碗米汤，到每隔两小时喂一小碗稀粥，然后稀粥越来越稠……三天后，妈妈就能吃馒头喝菜汤了，妈妈排便也没有咖黑血便；四天后，妈妈可以正常吃一天三顿软饭和一些好消化的菜了，消化道出血也没什么问题了。

当初医生说还有一周的生命时间，我们全家自然都小心翼翼地观察并照顾着妈妈，希望在最后一周里能给妈妈多留下一些温暖陪伴。

我当时打算让妈妈在家里告别这个世界，在我的怀抱里，就像我出生在她怀抱里一样。

爸爸主动去跟妈妈住一个房间，每天晚上顺抚妈妈的后背，陪着妈妈入眠。每天还会跟妈妈说很多话，聊他们的共同话题。开始是爸爸说话多，妈妈弱弱地予以回应。过了几天，妈妈有力气说话了，还会主动跟爸爸聊天。爸爸的记忆力没有妈妈好，说的一些内容会被妈妈挑毛病，指出他的记忆错误，而妈妈说的都是正确的。然后我们发现，妈妈挑毛病的语气越来越有力量，指出爸爸错在哪里的话语也越来越长。

爸爸愿意黏在妈妈身边，妈妈有时会跟他发脾气，但是爸爸却很开心，对我说："你妈妈有力气嫌弃我了，说明身体变好了，她表现真不错！"后来妈妈有点嫌他烦，表示要一个人休息，晚些时候就把爸爸打发走了。

其实，我们都很担心，在一周这个坎儿到来之前我们不敢掉以轻心。但看着妈妈明显越来越有力气，气色也好了起来，我们都暗自希望奇迹出现。

一周后，妈妈不但没有离开我们，还可以下地溜达了。大家都松了口气，妈妈也很开心。她说："在医院差点饿死，是女儿一口口地把我喂活了，我得好好活着。"是的，从医生说妈妈还有一周生命，我 5 月 8 日接她回家，到她下一次病危住院，她好好地活了两个多月。

接下来的日子，妈妈的骨转移疼痛因为口服止痛药引起胃肠反应严重，便减少用量，后来改为使用透皮贴，基本不影响正常生活。我也完全放下了自己的工作，24 小时在家里陪伴她。

⑥ 一段美好时光

妈妈知道自己从死神手里活过这一回不容易，她很珍惜这段时光。每天都好好吃饭、休息、恢复体力。渐渐地，妈妈可以每天在房间里走走，看看电视，跟老爸一起读手机消息。

我变着花样给妈妈做饭，给她吃有营养、好消化的食物。

哥哥来看望她时，她如果有精力，便会讲一些家族故事，讲她和父亲的过往。在妈妈的家族里，她的记忆力是超级好的。在妈妈有力气说话的时候，我会问她一些关于姥姥家的故事，她想起什么就讲给我听。她也愿意儿女对他们和他们的父母及家族有所了解，想尽可能地留下一些家族印记。

父母两家曾经因为都认识鄂家而相识，并促成了父母的婚姻。两个家族的故事由鄂家串起来，姥姥家、爷爷家的故事有点你中有我、我中有你的感觉。所以，妈妈在讲故事时，爸爸会插嘴说说他知道的那部分。

妈妈凭出色的记忆，将双方家族的故事都说得很清楚。爸爸讲到自家事情时，妈妈还会给他做些补充，或者纠正一些时间地点人物。有争执时，爸爸会说："嗯，我记错了，你妈妈说得对。"

没想到两个家族的故事那么生动精彩，当妈妈陆续讲那些久远的、由一段段碎片累积成一段段生动的生活过往时，我们感到非常震撼，甚至想把它们写出来。很多故事都是我闻所未闻的。而且，如果不是接父母到我家生活在一起，便没有这样慢悠悠讲故事、听故事的机会。那些本应该被我们了解和传承的家族历史，可能就随着父母的去世而消失了。

这时我才意识到，我们人生中跟父母在一起的时间实在是太少了。年幼无知时在父母身边让他们为我操心；长大后，读书、工作、结婚生子，我们只顾着自己的学业、工作与家庭。

成年后的我们，真正能和父母相处的时间其实很少。我们平日在妈妈的要求下，才每周日家庭聚会一次，每次也仅半天时间，急急忙忙买菜、做饭、吃饭，之后就收拾收拾各回各家了，只留下些简单的问候，以及各自家庭生活的汇报，没机会深入交流。

我感恩父母能来我家，给了我一个了解自己家族史的机会。这期间，妈妈也开始安排自己的身后事。

妈妈让我去她家里将她的珍藏——几个手工磨玻璃花瓶、几本碑帖、一尊小佛像、两个古代小瓷瓶等——拿来我家，放在她的房间里，让我和哥哥选自己喜欢的，碑帖留给爸爸。还让我搬来了她家里的影集，她要每天看看自己的父母、亲人，还有她的学生。其中有两本影集一直在她的枕边，想起来就翻着看看，偶尔还会落泪。

关于父亲的安排，妈妈说她去世后，爸爸跟儿女生活会彼此都觉得不方便，不如找个养老院，在那里不用做饭、收拾屋子，跟老人们一起玩儿就行。她相信爸爸能写能画还会篆刻，在养老院肯定会找到能玩儿到一起的朋友，不会寂寞。

而且那里还有医护照顾，更安全，她会更放心。

在妈妈生病后身体尚好时，我曾带他们去各个养老院转过。我们去看过的最满意的养老院，要收押金200万元。其中还有一条是，这押金就算是儿女出的，老人离世后儿女也领不走，而是要退给孙子辈的人。工薪家庭长时间押这么大一笔钱，押金退还方式也非常不合理，妈妈觉得不现实。但当时找到的其他养老院她也没看上，妈妈开始退而求其次地倾向于在她离开之后，让父亲跟我一起生活，或者等我有时间了再帮父亲安排一个不会委屈他的地方。我说没问题。

父亲悄悄跟我说，他不想跟儿女住一起，等妈妈离开后，还是送他去养老院；他向往养老院的团体生活，可以有各种活动，比住在家里更丰富多彩。我同意了。

父母住我家期间，周末聚会依旧，妈妈很享受这种四世同堂的幸福感。

⑦ 妈妈身体断崖式恶化

五月下半月以及整个六月，妈妈的状态都不错。

七月初时，她还可以接待从加拿大来看望她的鄂家的后代刘猛丽，大家坐在客厅里一起吃西瓜。妈妈给我和猛丽讲鄂家与徐家、张家的渊源，讲了很多生动的故事，聊了一两个小时，欢声笑语，妈妈很开心。

似乎是忽然之间，妈妈的身体状况就不好了。首先是觉得很乏力，打不起精神，整天都躺在床上，吃顿饭都觉得累。为给她节省力气，饭桌、厕所改在床边。妈妈的味觉出现问题，吃东西不香了，饭量也小了。吃进去的蔬菜少，她的排便也有些干燥。然后是痛感加重，透皮贴要加量使用才有效。

妈妈有些慌，知道自己身体必定会每况愈下，却又心有不甘。她本不信佛，但有一天她拿出朋友送她的佛经放在枕边，又把佛像供在房间里。她不知道该怎么操作，不知道念什么才能祈求佛祖保佑她，只是双手合十祈求佛祖护佑。

我完全不懂，但看着她临时抱佛脚式地拜佛、期待出现奇迹的样子，那一刻，我感受到了母亲对死亡的恐惧，想抓住一根救命稻草。而我不具备任何相关知识储备，在心理层面一片茫然，帮不到她让我感觉很无力。

一天，我临时去朝阳区听个会。刚到会场就接到父亲的电话，说妈妈不听话，非要去厕所排便，拉不出来就较劲，怎么劝也不听，快脱肛了。我电话里跟妈妈嚷了起来，喊她乖乖上床别冒险，我立马回家！

会场到我家有四十多公里，我开车急忙往回赶。到家后，看到妈妈虚弱地躺在床上。我先生说，保姆已经帮母亲抠出了一部分大便，但脱肛还是推不回去。他给母亲拿了痔疮栓消炎，缓解脱肛的肿胀和疼痛。但脱肛在家里难以处理，我们决定还是送医院。

我们连夜送母亲去急诊，医生说口服给药加灌肠，慢慢软化大便，排出来就舒服了，但脱肛要看自身情况慢慢恢复。

医生让我们去观察室服药、输液、灌肠。

我们在观察室输液。因为排不出大便，妈妈一直很疼，我就跑去找医生尽快安排人给妈妈做灌肠。当时我不知道谁来给妈妈灌肠，之后来了两个像是护工的男人，他们说是来灌肠的。妈妈看到是男人就很抗拒，那两个人一个扶着妈妈的身体，一个拿着加大加长的开塞露就快速直接插进妈妈的身体，妈妈痛得喊了起来。他们做完就走了，二十分钟后我推着妈妈的床去厕所排便时发现大便有鲜血，应该是灌肠捅破了肠壁。我特别懊恼，早知道灌肠就是两只加长开塞露，那我自己也可以给妈妈做，一定不会让妈妈出血。

排出宿便后，妈妈的肚子不疼了，我们又叫了救护车送她回家。我给她吃小米粥、鸡蛋羹，希望慢慢养好她受伤的肠道。她的饭量很小，身体消耗的能量大过吸收的能量，即便是一天少吃多餐，还加了蛋白粉，也依然出现了营养不良的状况，人越来越瘦，到后来瘦得膝关节突出，细细的脚踝拖着两只显得大大的脚。

有一天，妈妈喝粥时伸出舌头给我看，她能喝进去汤水但米粒留在口腔里咽不下去。她如同久姨当年肺癌脑转移一样，出现了吞咽障碍。我把菜饭都剁成泥糊状喂给她吃，她的求生欲支撑着她努力吃，但能咽下去的很少。

后来，她的一个脚趾开始红肿，夜晚很痛。我用止痛药酒给她擦拭，缓解了就睡一会儿，再疼起来再擦药酒。我睡在她身边，每半小时起来一次，给她止痛。没过两天，这个脚趾就开始发紫，另一个脚趾又开始红肿。

我们都明白，这次恐怕真的到了最后时刻，但我们谁也没说破。妈妈已经出现吞咽障碍、营养不良、骨转移疼痛加剧、脚趾坏死的情况。

如果在家里解决不了这些令她痛苦的问题，按照我当时的认知，求助医院是最好的选择。妈妈说上一次医生说还有一周，我接她回家就多活了两个月，她相信去过医院之后再回家，我还会给她创造奇迹。我有些无力，心里知道这次不那么简单，只能尽力做到不让妈妈忍受太多痛苦。但前路如何，我也一无所知、很茫然。

我们都以为去医院至少可以打营养液补充营养，之后再回家通过吃饭恢复体力，或者像久姨当初一样下个胃管回家，可以解决吃的问题；去医院还可以用止痛泵解决骨转移疼痛的问题；还可以顺便看看脚趾能不能缓解、脱肛可不可以处理。

我们都以为，我们自己解决不了的问题，到医院就可以解决。我跟妈妈商量要不要去医院，妈妈同意去，而且希望尽快去。于是我们马上叫了救护车去医院。

噢，那天是周日，2016 年 7 月 17 日。

⑧ 再次病危，被剧痛折磨

到了医院，妈妈的各项指标都不好，直接被转入呼吸科 ICU 病房。

在病房里，妈妈穿的那套她喜欢的运动衣裤被脱下来，换上了病号服。病号服是反穿在胸前的，身上只盖了个白单子。

呼吸科病房的空调风量特别大，直接吹在妈妈的身上和脸上。即使盖上单子，妈妈也依然很冷。而她在家是不能直接吹空调的，她的身体难以承受冷风直吹。我申请让护士调整空调的风向、减少风量。护士说空调的风量和方向都不能调，是为了避免交叉感染，这是规定。

我必须给妈妈保暖。幸好妈妈被 120 接来时，我从家带了一个黄色的摇粒绒毯子。我从柜子里抽出毯子盖在妈妈身上。但直接吹在脸上的风还是很不舒服，我尝试用塑料袋在风口遮挡，但被强力的风吹落。护士说那个风口调不了角度，患者只能被这么吹着。

来医院时匆忙，还有很多住院所需的东西没带。趁医生护士安顿母亲时，我急匆匆将从家里带来的妈妈的常用药（里面有止痛用的透皮贴，但我忘记了跟护士做交代）扔进床头的抽屉里，又急忙下楼去超市给妈妈置办住院所需。

下楼时，我接到先生的电话。他说爸爸担心妈妈这次住院再也回不去家，要过来看妈妈。他开车送爸爸过来，再把车留给我，方便我随时开车回家（我是跟救护车来医院的）。

第一天入院，病房给家属时间处理各项事务，父亲过来也被放行了。他坐在病床旁，拉着妈妈的手，千言万语不知道该怎么说。妈妈说，到医院就安全了，让爸爸放心，她身体缓过来一些就可以回家了。见妈妈到了医院就一副安心的样子，先生放心地说："你跟爸陪妈妈一会儿，我先走了。"他走了很久，我后知后觉地意识到，我忽略了我晚上原打算陪在病房，得有人送父亲回家这件事。现在我一个人分身无术。

值班医生把我叫到走廊跟我说，今天是周末，药房不放阿类的止痛药。给患者开的止痛药要明天早上八点以后才能用上。我说，母亲身上有透皮贴，我是加量贴的，熬过今晚应该没问题。

医生又给了我一摞单子，都是关于是否下鼻饲、是否做心肺复苏、气管插管之类的需要签字的事项。我问医生哪些是有创的、哪些是无创的，最后同意下胃管补充营养并签了字。

回到病房后我跟妈妈说我做的选择，妈妈也表示同意。她怕疼，不希望为了救命疼死。

爸爸跟妈妈聊了一会儿，他的帕金森令他坐立不安。在病房内小小的椅子上，他不停地变换姿势坚持着。我原本打算晚上在医院陪妈妈，为此还随身带了手机充电器。但爸爸的到来打乱了我的计划，我得送他回家。

看到爸爸的不安与疲惫，妈妈让我开车送他回家。爸爸抓住妈妈的手坚持说没事，他不走。但半小时后，他实在坚持不住了，双肘撑在病床上，头深深地埋进臂弯。

我想过喊哥哥或者先生来医院把爸爸送回家，但无论谁来，都需要近一小时才能赶到。他显然坚持不了那么久。妈妈坚持让我送爸爸回家，说自己没事。

我给妈妈的脚趾又涂抹了止痛药酒，她说胳膊肘也开始疼了，我在那里也涂抹了药酒。然后爸爸跟妈妈告别，我让他坐上小轮椅，推着他离开病房。妈妈说让我回家好好照顾爸爸，明天见。不知道为什么，我心里一紧，似乎我陪爸爸离开是将妈妈一个人扔在了这里。这种感觉让我打算送爸爸回家后再开车回来陪妈妈。

爸爸累坏了，在医院的硬板凳上坐了两个小时很辛苦，上车没一会儿就沉沉地睡了。我连续多天昼夜不停地照顾母亲，长时间严重缺觉。听着身旁爸爸沉沉的呼吸声，我也感到很困，困到想立马停车就地睡着。

妈妈住院有护士照顾，我紧绷的神经似乎可以放松一下了。医院距离我家将近五十公里。父亲已经鼾声如雷，我也越发困得眼睛都睁不开，浑身酸软。我不停地晃头、掐自己、深呼吸，但都无效。上了高速，我实在坚持不住了，在路边的停车区停下了车，想打个盹儿。

一停车，老爸却醒了。问我怎么停车了？我说我太困了，想睡五分钟再走。他说那你睡吧，然后问我："你说，你妈妈这次住院还能回家吗？"我含糊地回答不知道，明天再看看吧。他自言自语地说："你妈妈脚趾都开始坏死，这次恐怕是不行了。"他一声长叹，我困意全无。但又不知道该怎么接他的话，慌忙说道："我困劲儿过了，咱们回家吧。"

离开医院之前，我给妈妈盖了盖毯子，给她擦药酒时看到她深紫色的脚趾，她说不像在家里那么疼了。我当时想的是，已经坏死到快没知觉了。人的末梢神经开始坏死，身体的血液循环不行了，爸爸的感觉是对的。

回到家，我们都身心俱疲。安顿好爸爸后，我想在沙发上打个盹儿，再出发去医院。结果就沉沉地睡着了。后半夜醒来，我感觉头晕晕的，担心自己开不了车。想着妈妈有护士照看，我早上早点过去缴费、办理后续手续，就能看到妈妈了，接着又睡了过去。

第二天是周一，我早早到了医院。跟病房看门的人说我给患者办手续，他们放我进去了。进到病区，主管医生给我母亲下了病危的通知。我很诧异，怎么就病危了呢？

我快速跑到病房，看到口眼歪斜、双手被绑在床上的妈妈，呆住了。

发生了什么？！妈妈的症状像是中风了。我问妈妈怎么了？妈妈摇摇头说不出话。护士说，昨晚患者疼了一夜，很挣扎，然后就这样了。护士怕她挣扎误拽了输液管，就将她的手绑在了床上。不是有透皮贴止痛吗？为什么疼了一晚上？！

我掀开妈妈的衣服看向贴透皮贴的地方，那两片透皮贴虚浮在皮肤上，是被掀开又放回去的样子。护士说，她不知道那是什么，接班检查患者身体时发现有这东西，她掀下来看看，没发现什么就放回去了。今天一早已经给患者用了止痛泵，她不疼了。天！妈妈的止痛透皮贴昨晚被护士掀下来了，她没有任何止痛措施，生生疼了一夜，疼到中风！

妈妈看着我，不想我埋怨护士，望向止痛泵，然后口齿不清地说："不疼了。"她眼角流着泪，却努力挤出一个笑容。

我很崩溃，想象着母亲一个人一整晚忍着剧痛，透皮贴被撕了，医院的止痛药还没到，一个人独自忍受骨转移那样钻心的剧痛该是多么无助与绝望。我一下子泪崩了——我这是做了什么？让妈妈自己在这里受罪，我却在家睡觉！我没来陪伴她，更没能及时将床头抽屉里的透皮贴给她补上，是我的失误让她遭受了如此惨烈的痛苦。

我泪如泉涌，悲伤、自责到无地自容，眼泪流过脸颊再落到身上……

⑨ 来不及告别

我拆开绑住妈妈手腕的纱布，解放她的双手。妈妈也很难过，她拉着我的手，无法跟我描述昨晚到底经历了什么。但我知道她有很多话想对我说，我们望着彼此泪流满面。

她已经无法交流，但仍想努力尝试。她用力调整口型、矫正自己舌头的位置，但说出来的都只是呜噜呜噜的声音。我安慰她，让她别急，我来说，她用点头或者摇头表达。于是我说了一些我认为妈妈会操心的事，尝试与她沟通。

即便如此，还是有些我想不到的事。我背包里带着速写本和笔，我把笔放在她手里，摆好本子的角度。她努力地在本子上划拉着，却一个字也写不出来。我说这支笔太细了，明天我带着马克笔和白板，您再试试。她尝试手写不行，唇语表达也不行，最后她绝望地甩开手，闭上眼睛默默流泪。

那时的悲伤与无助真的没办法用语言描述。

记得那天妈妈用她的右手抓住我的手，我反握她，但她总是把手抽出来再找我的手。我不明所以，以为她要练习手的活动能力，为第二天写字做准备，还配合她帮她活动手指。直到晚上回到家我才后知后觉地意识到，妈妈是不是想用手指在我手心里写字，而我没理解她的用意？这份后知后觉让我很慌乱，暗下决心明天一定帮妈妈把她想说的写出来。

第二天的半小时探视里，我带了小白板和白板笔，但妈妈的手却已经抬不起来。

住院的第三天，妈妈已经不能发出任何声音，甚至点头摇头都很困难，我不知道妈妈还能活几天。现在，只能我一个人说话给她听，告诉她我会好好照顾爸爸，不打算让医生对她做有痛苦、有创伤的抢救，只希望妈妈离开时能少些痛苦；我还告诉她我爱她，却没把事情办好，令她受了那么多罪。她都是默默地听着，有时会落泪。

第四天开始，她已基本处于昏睡状态，我依旧每天去和她讲话。医生告诉我，病人处于昏迷状态，没有知觉，你说什么她听不见。可是我不甘心，我相信妈妈能听见，我就要跟妈妈说话。

其实，是我想跟妈妈说话，因为我有太多的懊悔和不甘，不说出来我会疯掉。我抚摸着她的手很愧疚地说："妈妈，我以为医院会让你更安全、更少痛苦，没想到反而让你忍受了这么剧烈的疼痛，让你一个人在这里疼到中风。早知道是这样，咱就在家贴透皮贴忍着点，也不至于这么受罪。妈妈对不起！对不起，对不起……”

深深的自责令我泣不成声。眼泪，静静地从看似昏迷的妈妈的眼角滑落。

虽然我和母亲都受过高等教育，但也都习惯性地忌讳讨论死亡。母亲可以写遗书（她心脏不好，一生中写了很多次），也可以说说她死之后对父亲的安排，但我们都不会谈生命尽头的告别以及对此时的安排等细节，总觉得是要等到最后一刻才谈的，谈早了似乎是盼着亲人早走一样，不吉利。

我们还没为死亡做好准备，现实却让我们来不及告别。

⑩ 什么都不是我们想要的——悔恨与自责

我们想要的止痛变成了一夜的剧痛，直到第二天才有效止痛。我们想让医院给妈妈补充些营养，便为此下了胃管。但刚给了一天营养液，医生说妈妈有消化道出血的现象，就停掉了，不许吃也不许喝（上次住院也是这么说的，我回家给妈妈喝小米粥生生养过来了，现在只是不能吞咽）。我想，就算是死，也不能是饿死的。在探视的半小时内，我跑出去买了一杯甜豆浆，调整了妈妈的姿势，用小勺沿着她的嘴角慢慢地喂了进去。大概喂了三勺后，病房的喇叭响了：×××床家属，患者消化道出血，不可以喂食。我心想，营养液撤了，又不让我们自己吃，最后是要让她饿死吗？

妈妈的脚趾依然在坏死进程中……住院的几天里，她的脚趾由疼痛难忍的紫红色变成了没有知觉的黑紫色，到最后变成半透明的蜡黄色——已经提前死掉了。

说好不做有创的救治，只记得医生跟我打个招呼说会给患者下个 × × 针方便输液。我以为是平常的预埋输液针而已，然后发现妈妈的右胸靠近锁骨的位置被开了个洞，好几根管子从这里进入身体。那个洞口大约有拇指盖那么大，想一下也知道那该有多疼。

住院后，妈妈的手被绑在床栏上，薄薄的被单，棚顶空调吹着强烈的风，她露在外面的肩膀被冻得冰凉，没有亲人的呵护陪伴，也没有表达自我意愿的机会。看到妈妈这个样子，我真的很后悔，自己为什么会带妈妈来医院？这明明不是我们想要的！

我拉着妈妈的手，悲从中来。

7 月 22 日凌晨，妈妈独自一人在 ICU 中离开了这个世界。我接到医院的电话说患者不行了，请家属尽快赶来。我立刻通知了哥哥，我们分别出发去医院，赶到医院时，妈妈已停止了呼吸。她面无血色，身体软软的，被空调吹得冰冷。

在家属到达之后，医生宣布死亡，撤掉妈妈身上的六七个输液管。妈妈胸前的那个洞还不停地往外冒水——输进去的液体。来了两个像是护工的男人对那个洞做了些处理，但那洞里的水却无止境般一直在渗出。我给妈妈用医用棉蘸她身体里涌出的水，怎么都蘸不干净，压一下又涌出来，处理了很久才穿上衣服。但即便如此，当我抱妈妈的身体时依然能感受到一股湿润透出来。

在医院，逝者要尽快离开病房送往太平间。有人将母亲搬上专用推车，我和哥哥跟妈妈的遗体一起进入楼道角落的电梯，一股腐臭的垃圾味扑面而来，运送的人说这是垃圾专用电梯。我心头一紧，人死了就被视为垃圾了吗？这时如果妈妈的神识还在、嗅觉还在，面对离世后只能从垃圾通道离开，她难道不会觉得没尊严、很难过吗？

我当时心情很不好，患者咽气后肉体就不容置疑地被当作垃圾一样？这至少让生者很受打击，我被狠狠打击到了。我屏住呼吸挨到电梯开门。然后一行人从垃圾运送专用通道绕到太平间后门，进入太平间。这一路上到处都是垃圾桶，路很窄，我们擦着垃圾桶走过。

到告别仪式那一天，太平间的工作人员将母亲的遗体推出来，我过去看她。在工作人员搬她上告别台时，她穿的那身灰红色运动衣的后背整个是湿透的，输进她身体的液体究竟有多少？

我悔恨，送她来医院就像我在妈妈最艰难的时刻把她一个人丢到医院自生自灭一样，而我被隔在门外束手无策。深深的自责、无力与无助令人悲伤到绝望！是的，就是绝望！还有对这样的死亡过程深深的恐惧。

⑪ 不想像妈妈那样死

妈妈从住院忍痛、无法告别、不允许进食到离世从垃圾通道进入太平间的整个经历，让我见识了普通人在医院死亡的样子。

这样的死亡痛苦、无助、没尊严、令人心酸、令人恐惧。我害怕这样的死亡！我不想有一天自己就这样死去，也不想让父亲这样死去。

母亲去世后，我满脑子都是对自己的反省与自责：我以为的对亲人的爱是在最后送她去医院救治，而送医院的结果却是像妈妈这样痛苦、孤独地自生自灭。那么，送她去医院与把她抛弃又有什么不同?

可作为普通人，还能怎样呢?我可以决定自己最后不去医院，但当父亲病危时，若他的症状我在家处理不了，难道不送他去医院救治吗?不送是不是不孝?但送医后，他会不会也跟妈妈一样?

我的反省只是告诫自己，我不再想看到亲人经历妈妈那样的死亡，但除此之外还能怎样，是没有答案的。

| 第四章 |

我的至暗时刻

❶ 自责和负罪感

妈妈得了癌症早晚会去世，她自己也知道病情，将近三年的时间里我们对此都有心理准备。但最让人感到悲伤、自责的是我没能让妈妈善终。

从决定送母亲去医院那个晚上开始，我就陷入了深深的自责，难以自拔。那是面对母亲受难而我却无能为力的无助，是亲手将母亲抛弃却又无力挽回的悲恸。我每天都被这样的自责与负罪感折磨得喘不过气，觉得自己无颜面对母亲，便藏起摆在家里随处可见的妈妈的照片。那种深深的悲伤令我陷入无尽的黑暗，我不想说话、不知道自己出门做什么，整个人消极低沉、浑浑噩噩、精神恍惚。我甚至想，就让自己在大街上被车撞死吧，好上去陪着妈妈，给她赎罪。

妈妈最后的遭遇让我心生恐惧，我不是害怕死亡本身，而是怕那种剧烈的疼痛、怕孤独面对死亡。妈妈还在世的时候，我每天去医院看她时，都会感到很愧疚，满脑子都是她在入院的第一个夜晚忍受着剧烈疼痛、无助又恐惧的画面。

我多次跟妈妈说："如果我们不来医院，您最后还可以在我的怀抱里离开这个世界。但是现在，我却只能看着您在这里遭罪。我很后悔，妈妈，对不起……"

每次看望妈妈后从医院出来，我都很崩溃，有太多悲伤与自责，想要痛哭一场。但回家不能哭，因为不想让父亲看到，也不想让先生看到，他一直认为我已经做得很多、很好了，不该自责。

但我知道我自己的自责与悔恨是什么。从医院回家的路上，我会把车停在高速路的停车区，一个人大哭一场。哭妈妈、哭自己，等哭够了再打起精神回家，以常态面对家人。

那段时间，我一直都活在悲伤与自责中。

❷ 没有让父亲与母亲告别所导致的结果

我的自责还源于父亲对母亲去世的悲伤，那是他深深的哀伤与悔恨交织而成的一座大山，既压垮了他，也压垮了我。

在母亲的遗体告别仪式前，家里长辈好意提醒我，不要让父亲参加，89 岁的老人受不了那场面，悲痛、上火会导致他也跟着我妈妈一起走了。当时大部分人都是这么认为的，我觉得很有道理。

于是我跟父亲商量："妈妈的遗体告别您别去了好不好？我怕您去了太悲伤，坚持不下来，身体受不了。我们替您跟她告别，让保姆在家陪着您，您等我们回来。”父亲当时头脑是清醒的。他没想到我会劝他别去跟妈妈告别，欲言又止，红了眼眶。他深深地叹了口气：“那好，我不去了，你们好好把你妈送走。我等你们回来。”

我的想法是，如果父亲不去遗体告别，那他心中就可以永远保留妈妈活着的样子，那样是不是更好？但我当时完全没想到这会成为父亲此后的人生执念，令他在幻想与现实中痛苦挣扎。

不知道在遗体告别的那几个小时里，父亲的内心经历了怎样的惊涛骇浪。等我们结束后抱着妈妈的遗像回到家，跟他汇报妈妈后事的处理情况时，父亲流着泪，极度痛苦地用手挡在自己额头前，眼神躲闪地“嗯”“啊”回应着，不敢看母亲的遗像。我问他怎么了，他只是流着泪，没有说话……

我把遗像和其他物品安顿好后，走到父亲身边想安慰他。他忽然扯着我的衣服神神道道地说：“你妈妈没死，对吧？你快告诉我，她还在医院，对吧？”我愣住了，问他：“老爸，您怎么了？”他不回答，木然地看着我，希望从我这里得到确认。当时家里人多，他回过神，强打精神让我招呼大家，说自己迷糊了，要进屋躺一会儿。

等亲朋都走了，晚饭也做好了，我喊父亲出来吃饭。他走出房间，问我：“你怎么不喊你妈妈一起吃饭？”我们都愣住了，沉默地看着他。他转身看到母亲的遗像，一下子哭出了声，跌跌撞撞地回到房间不肯出来。大家都有点懵，不知道父亲这是怎么了？受刺激变得恍惚了？想到他可能是接受不了母亲离世这件事，相濡以沫 64 年的夫妻，母亲去世对他的打击应该很大，我们需要给他时间缓缓。

过了一会儿，从日本回来参加姥姥葬礼的外孙女喊姥爷吃饭，祖孙俩在房间里说了一会儿话。父亲怕影响家人的情绪，调整了一下自己，还是坐到饭桌前吃了一些，然后又默默离开了。我去父亲房间陪他坐了一会儿。他说："我没去送你妈妈最后一程，我竟然都没去送送她！我怎么能不去送她！啊？我应该去送她的，应该去的……我对不起你妈妈呀！"

他非常后悔自己没坚持去送妻子最后一程，这份自责困扰着他，他难以原谅自己的缺席，宁愿假装妻子没有死。这种假想令他聊以自慰，却也令他进入一种混乱的状态。父亲的悲伤和懊悔令他不敢和母亲的照片对视，他感觉母亲一直在盯着他，这让他感到心虚且无处可逃。他躺在床上假装睡着，闭上眼睛不去面对。

父亲就这样抑郁了。

不知道是不是因为他太想逃避这些悲伤，他的大脑开始急剧退化，他时常恍惚、自言自语、说一些我们听不懂的话、默默流泪。他是多么希望自己变成傻瓜，那样就不会那么悲伤了。他宁可活在他的假想世界里，因为在那里，妈妈没有死。

如山的父亲轰然倒塌，而我也觉得自己无颜面对母亲。于是，我把家里所有母亲的照片都收了起来，我和父亲就这样自欺欺人地假装一切很快都会过去。而现实是，被我们掩埋在内心深处的悲伤、自责与悔恨在不知不觉中吞噬了我们的身心。

现在想来，最可怕的并不是妈妈的离去，而是我们这些活着的人放不下、走不出来。

❸ 我们被深埋内心的悲伤击垮

父亲的状况越来越差，恍惚的时候越来越多。他似乎给自己创造了一个梦幻世界，在那里母亲是活着的，所以他舍不得出来。现实失去的，他要去他创造的梦幻世界里寻找，并坚信自己一定能找到。

父亲出状况是有规律的，他总会在睡醒后变得恍惚。他的梦幻世界与现实世界交替时，是他最为纠结烦躁的时刻。起床后，他不知道自己在哪，不认识身边的人，说一些梦话。而我们看到的就是：他醒来，尽管不知道自己在哪里，但有一个明确的目标——找妻子，是那种几近疯狂的寻找，每个房间，甚至连柜门都打开看看。

关于妻子，现实与幻梦相互矛盾、纠缠、碰撞，这种状态要持续几分钟、十几分钟，甚至半小时、一小时，他才能醒过神来。每到这时，我们都不敢惊扰他，等他自己想明白老伴已经不在了，伤心一会儿，再慢慢恢复正常。

另一件有规律的事是：夜里十二点到凌晨两点，父亲也会起来找妻子，偶尔也找他姐姐、妹妹。

往常，这是母亲生病后，父亲半夜去看她，帮她掖掖被子的时段。现在，父亲即使得了阿尔茨海默病，也依然会在这个时段起床去母亲所在的房间找她。

第一次发现这个规律是我们住在一起时，父亲总会在这个时段摸索着走进我的房间，坐在我的床边，摸摸我的被子是否盖好，然后悄悄说着跟我妈妈说的话。我不敢应答，只是让他尽情地说。当他感觉到不对劲，开灯发现不是老伴儿时，我第一次见到什么叫老泪纵横。他痛哭出声，泪流满面。

这个“找老伴儿”生物钟在母亲去世后的五年里每天如此，直到他去世。即使他白天的状态很好，晚上也依旧会雷打不动地找。而他自己第二天醒来甚至不记得这件事。

当时的我，面对如此深陷悲伤、活在幻想中的父亲，内心很崩溃、很无助，不知道该怎么做才能帮到父亲。只能每晚听他说话，再目送他流着泪离开。

父亲抑郁之后，总闹着要自杀、要去找我妈妈。看父亲变成这样，我甚至比他更难过，还很自责。除了照顾他的起居外，我还要绞尽脑汁地开解他。

比如，他买了条绳子准备去公园找棵树自杀。

我劝他：“您是党员哦，要替大家想想，公园是老人、孩子活动的地方，如果你在树上吊死了，那这个公园就没人敢去了；您也不能在家里自杀，那样女儿会被派出所传唤，我就说不清楚了。”

父亲说：“为什么想死都这么难？我活着太痛苦了，如果你不让我自杀，那你能不能帮帮我，让我死？你妈妈没了，我活着太辛苦了。”

我告诉父亲：“如果我帮助您自杀，我就得进监狱。您伤心我理解，但自杀是逃避困难，不是共产党员该做的。组织上会为您的行为感到失望的。共产党员要勇敢面对困难，您克服一下困难好不好？”

父亲18岁参加革命，但直到45岁才入党。他太在乎组织对他的看法和认可，见我搬出组织来说事儿，便没辙了，只好点头答应克服困难。

从此我基本不去公司上班了，远程在家工作，多抽时间陪他聊天、画画儿、看新闻，或推着他遛遛弯儿，总之不想让他一个人胡思乱想，希望他可以感受到女儿的孝顺与陪伴，打开心结好好生活。

有自杀倾向的老人令保姆不安，担心哪一次没看住出了事，担不起责任，便辞职了。

那段时间换了很多保姆，每次来新的保姆，我都会让他们藏起刀具和绳子，避免发生危险。

我本就对没能照顾好妈妈感到内疚，父亲的抑郁又跟我没让他和妈妈告别有关，所以我要努力照顾好他，这既是我对妈妈的承诺，这样似乎也可以减轻我内心的愧疚感。于是，我近乎病态地对患有抑郁症及轻度阿尔茨海默病的父亲无条件、无原则地纵容，以至于在很长一段时间里父亲像个被惯坏的孩子，对我产生了过度的依赖和缠磨。我不能上班、不能出门透透气，哪怕离开一小时都不行，只要看不见我，他就会发脾气。

我一个人顶着我和父亲两个人的精神压力前行，没有一点空间可以休整自己。我心力交瘁，但只能硬撑着。我先生看不下去，担心我的身体。我的执意坚持令他很无语，觉得我有些病态的执着。

在快要撑不住时，我开始想辙。为了帮助父亲走出来，也为了给自己一点喘息的空间，我跟先生商量好，在我家同楼层、不同单元租一套两室一厅的房子，避开处处可以看到妈妈痕迹的环境，再买些新家具，告诉爸爸这是他的新家，希望他可以在这里尝试开始新生活。

我们还请了阿姨每天做饭并打扫卫生。我们夫妻每天去老爸家“蹭饭”，让他有一种我们还是孩子，每天去看望他，蹭吃蹭喝的感觉。父亲对这些安排欣然接受，还很得意地跟老朋友打电话，说孩子们帮他开启了新生活，各有各的家，互不打扰；每天一起吃饭，还有专人照顾，挺好。

换个环境，父亲精神上的确好了些。

那段时间，我带他和负责照顾他的阿姨去了海南和韩国的济州岛，希望他能慢慢习惯没有老伴儿的生活。

他很享受外出旅行。去济州岛时，他很喜欢那里的景色和海边悬崖酒店的住宿环境。尽管他的轮椅到了韩国后电瓶失灵，我推着父亲活动很辛苦，但看他那么开心，我也很欣慰。

毕竟这是父亲人生中第一次出国，之前因为母亲不肯坐飞机，他一直没机会出国看世界。他说："十一月吹海风有点冷，我们明年五六月再来一次吧，这里真好！"

在韩国期间，父亲虽然大部分时间都坐着轮椅，但偶尔也可以站起来推着轮椅走走，我便可以稍事休息。我原本还想带父亲去日本看看，但回国后没多久，父亲的帕金森更严重了，站都站不住，出国的计划就此搁浅。

好日子没多久，跟父亲聊得来又会下棋的小阿姨回老家盖房子去了，新来的保姆跟父亲没话聊，干完活儿就自己看手机。父亲觉得寂寞，不习惯一个人的生活。我晚饭后通常不能回自己家，得陪父亲看电视、说话。哪怕不说话只是默默地陪着，也要熬到他上床睡觉我才能离开。

陪伴父亲对我而言很有压力，我经常会被他负面、厌世的状态影响，尽管我努力想让自己阳光起来并带动他的情绪。我没有学习过如何陪伴哀伤且抑郁的老人，加上自己也处于哀伤的状态，有时表现得很用力却可能适得其反。那种无力感让我觉得很挫败，本能地想要回避一些问题，所以难以真正帮到父亲。我努力做的也都只是表面的安抚，比如转移话题、开玩笑、买些画本陪着他填色、做顿好吃的陪他喝点小酒、陪他去公园遛弯儿、挖野菜等等。

当我遇到实在解决不了的问题时，就简单粗暴地以他共产党员的身份要求他勇敢面对并战胜自己的悲伤，否则就是懦弱。父亲对此很无奈，女儿的指责伤害了他的自尊心。有次我批评他懦弱，他甚至跟我吵了起来："我在你心里居然是这样的？你怎么能这样侮辱我？！”

我已身心俱疲，我无力处理父亲的哀伤，也无力处理自己的。我想，那就这样吧，失去亲人的家庭不都是这样吗？我在夜里一个人哭，哭累了睡，内心特别拒绝再去面对父亲的哀伤与负面情绪。我被满满的无助感填满，呼吸都是压抑、不畅的。我觉得自己快坚持不住，就要垮掉了。

这样生活了半年以后，我确实被击垮了——体检被确诊乳腺癌。在得知自己患癌症的那一刻，我的第一个念头竟然是：哦，妈妈，我终于可以摆脱现在的困境跟着你去了，让我去你身边赎罪吧。

对于被悲伤与负罪感深深压迫的我而言，死亡似乎是一种解脱。

④ 我也得了癌症，以及意外“收获”

得癌症意味着我可能要面对自己的死亡。我当时的心态是，我真的不怕死，死亡是向妈妈赎罪。但我怕疼，绝不要像妈妈那样，痛得惨烈、死得孤独。

有比妈妈的死亡方式更好的死法吗？我很茫然。但父亲还在，我承诺过母亲要照顾好父亲，所以我要先治病。

2017 年 1 月确诊，2 月手术，3—4 月做放疗，5—6 月在家修复放疗灼伤。

手术后，我不能照顾父亲了，但又不放心他。在考察了几家养老院后，我选择了我所在社区里的万科嘉园长者中心，那里距离我家只需要步行十分钟，方便我经常过去陪伴父亲。

我跟父亲说，我住院治疗没办法照顾他，为了保证他的生活品质，准备送他跟阿姨一起去长者中心生活一段时间。期间，家里的阿姨跟他到养老院陪住陪吃，白天推他去公园，晚上照顾他的起居。我还强调这只是暂时的，如果他不喜欢，我治病回来就接他回家。与此同时，我还会保留他的家（那套为他租的房子）——只要他想回家，随时可以回。

父亲得知保留了房子可以随时回家，便觉得他是安全且有自由选择的，况且这样做也是为了让女儿安心治病，于是就同意了。

入园需要测试，父亲那时是阿尔茨海默病初期，基本可以正常交流，只是偶尔犯糊涂，每天夜里还会起来找老伴，但劝过或等待一段时间后就可以正常入睡。

长者中心的饭菜一周内不重样，每天还可以推轮椅去附近的公园遛弯儿。老人们在一起有共同语言，聊天的话题很丰富，而且都是同龄人，很有共鸣。比如：你去过干校吗？“反右倾”的时候你在哪儿？抗美援朝去了吗？等等。

吃得好、玩得好，有专业的护理服务，生活也更舒适，在家少言寡语的父亲慢慢适应了那里的生活，变得开朗起来。他在那里很快成了“麦霸”，而且他画画、写字一流，逢年过节，他写的福字都很抢手，这让他很有成就感，还有些小骄傲。

我隔天去看望他一次，这样的日子让我觉得自己终于可以喘口气了，压力小了很多。和其他老人的儿女动辄一两个月才去看望一次相比，父亲很骄傲自己的女儿隔天就来看望他。不仅如此，他还嘚瑟。每次我来，他都让我推着他跟大他两岁、儿子两个月来一次的宁爷爷下棋，主要是显摆自己的女儿“又来了”。宁爷爷每次都会很配合地说：“老徐你好福气啊！”我爸说：“那当然！”老人们还攀比儿女每逢节假日接他们出去游山玩水都去了哪里，谁去的地方好、谁住的酒店更方便——就像孩子一样。

几个月过去，父亲在那里生活得有滋有味；而我在这期间，除了治疗，还被先生拉着去国外旅行，放松心情。我惊喜地发现，我离开北京半个月、一个月，父亲自己也没问题了。他对我的过度依赖缓解了很多，说明他现在的生活足够丰富多彩、有吸引力。

专业机构对老人的照顾比我更好，关键是有规律的生活、丰富的活动、社区的关爱和慰问，让他再也不可能回到跟保姆在家大眼瞪小眼、他看电视保姆刷手机的死水一潭的生活。

甚至有时接他回家吃饭，饭后让他在家睡个午觉，他都说要回长者中心，住自己的房间、睡自己的床。他已经认定了伙伴众多的长者中心是他的家。

我需要做的就是给予他精神上的安全感：每周看望他至少三次，让他知道，只要他需要，我随时可以出现在他面前，我是在乎他的。这就足够了。

有了安全感，父亲也变得通情达理了，开始关心他人：

关心我治疗的进展；问我身体的感受如何；问女婿对我照顾得好不好；让我安心看病，甚至主动说，他那儿挺好的，不用惦记，让我们出去散散心。

嗯，父亲像个父亲的样子了。

由之前无尽的压抑到现在可以放松一下自己，这种感觉就是：因为我得病而送父亲去了一家好的养老院，既救了父亲，也救了我自己。我还是挺欣慰的，毕竟这种改变在之前想不到且不可能。这是意外的“收获”。

父亲不住在家里，我得以喘口气休息，忽然有了很多属于自己的时间，有时间照顾自己、专注于自己的身体修复，甚至可以出去放松自己。

我先生觉得我照顾父母这么多年很操劳，又大病初愈，所以想带我出去换换心情，拉着我去英国玩儿了半个月。

在英国的旅行是慢节奏的，期间还参观过一个小镇的墓地公园。我站在那里，看到人们淡然悠闲地在漂亮的墓地公园里溜达，欣赏美景并拍照留念，让我觉得那里似是一片美好的存在，虽然也有恐惧，但不是在国内看到坟地时那种惊悚无助的感觉。我忽然很羡慕这里的亡人，他们所连接的是思念与美好，与亡灵的对话也更温暖、更轻松。而我们关于死亡的记忆是痛苦、黑暗、恐怖、孤独、无助的。墓地永远不是公园。

我站在那里想了很多。我想，不同文化对墓地的解读是如此不同。不知道这里的人是以怎样的方式死亡的，他们的死亡痛苦吗？面对即将来临的死亡他们恐惧吗？还是像妈妈那样，明知道死神正在逼近，却只能孤独无助地面对？但无论是怎样的死亡，或痛苦或安详，最后都会变成一抔土……

墓地的围墙之外是一片草地，草地上开着成片小小的白色花朵。我躺在这片草地上，感受着草与花的芬芳带给我的安宁，忽然想到：就这样在这里躺下去不再起来，也挺美好吧？无论我的生命还有多久，我都要好好利用还活着的这段时间看看外面的世界。嗯，我可以去旅行，然后美丽地消逝在旅行的路上！

出去看世界可以摆脱压抑、紧张的情绪，可以无忧无虑地尽情呼吸，感受生活的美好。这次旅行让我感觉自己活过来了，阴霾的心情好了很多，没经历过的人可能难以理解这种感受。

我准备了相机，开始学习摄影后期，并关注去国外旅行的各种行程。

2017 年下半年到 2019 年的这段时间，父亲在养老院玩儿得开心，我在国内外飞来飞去也很快乐。我平均每年出去两三次，每次半个月左右，所以大部分的时间还是在国内，能更多地陪伴父亲。每次出国旅行回来，我也都会给父亲带好吃的和纪念品，给他看我拍的照片，讲照片背后的故事和其他见闻。

我去了英国、西班牙、葡萄牙、美国、加拿大、澳大利亚、新西兰，以及非洲的一些国家。因为女儿在日本生活，所以也经常去日本。

期间有一次我跟随了杰夫老师的非洲肯尼亚野生动物专业摄影团。在非洲，我每天跟野生动物摄影领域的顶级老师学习摄影，在光影最好的时刻跟野生动物相遇，那些日子让我大开眼界。

杰夫老师与当地酋长合作，他的车队可以在马赛马拉草原近距离拍摄野生动物。

司机是当地人，他们有个微信群，不管谁发现狮群或者独行的猎豹有捕猎的势头，都会互相通知，然后大家一起奔赴过去抓拍那惨烈威猛的瞬间。

草原上没多少路，丰田越野车改装的敞篷车焊了结实的护栏，底盘也加高了。在几乎没有路的草原上或者满是鳄鱼、河马的河谷里疯狂奔驰，我的五脏六腑都要被颠出去了，真不知道他们的车怎么会那么“抗造”。我的一个增倍镜不知不觉颠丢了，老师提醒过大家，所有东西都要装到安全的位置，并且随时拉上相机包的拉链，而我忘记了，于是就交了“学费”。

老师在车上给大家讲狮子、豹子的习性，以及安全注意事项。这里的食肉动物是看着人类的越野车长大的，越野车在身边经过或者停下，它们都习以为常，该吃吃、该睡睡、该捕猎就捕猎，不受影响，所以只要人在车上，就是安全的。但你一旦下车，就会被认为是在侵犯它们的领地，会遭到攻击。所以，在草原上没有指令不可以下车。

老师还讲了一位在马赛马拉草原坚守多年、研究猎豹的俄罗斯女科学家，她对猎豹了如指掌。杰夫老师对她的研究给予了一定的资金支持，所以她会及时向杰夫老师报告猎豹的动向。因此，平时独来独往、难得一见的猎豹，也能在跟杰夫老师的团时看到。

非洲草原刷新了我对于猛兽的认知。曾经以为很凶残的大型猛兽，比如狮子，在跟自己的家庭成员在一起时，却更多是温情的一面。这令我非常开心，愿意欣赏并拍摄它们的温馨画面。

近距离地观察野生动物，会发现很多故事。

比如，爱过之后，母狮子会跟公狮子撒娇，它们会通过相依相伴的厮磨表达温情。

比如，母狮子们会互相帮忙照顾小狮子，两个母亲见面打招呼的方式是贴面，然后轮班照顾小狮子。

比如，狮子妈妈产后抑郁，会愤怒地起身，把爬到身上吃奶的小狮子们抖落到地上。小狮子一脸无辜却又不敢上前，只能傻傻地看着妈妈。这时，总会有一只小狮子，不畏母亲的怒目，默默地走近母亲，勇敢地亲吻母亲，附在母亲耳边交流。等到母亲安静下来，重新卧在地上时，其他小狮子才飞奔过来再次投入母亲的怀抱。

比如，狮子父母想睡个觉，但孩子们“多动症”啊，上蹿下跳地在父母身上蹂躏，忍无可忍的家长从睡梦中抬起头大吼一声，小狮子们便带着阴谋得逞般的表情暂时逃离……

这些像极了人类生活中温馨美好的画面，令人忍俊不禁，又很治愈。

在非洲，我看到野生动物之间的关系不完全是剑拔弩张，也有很多各自安好的时刻。狮子吃饱不饿的时候，不会对其他动物发动攻击。当一只肚子圆滚的狮子走过时，角马、斑马、羚羊都会悠闲地低头吃草，不担心自己的安危。而当一只肚子饿瘪的猎豹从附近经过时，所有的食草动物都会抬起头紧紧盯着猎豹，随时准备逃离。野生动物很聪明的。

我由衷地喜欢用镜头表达野生动物温情的一面，拍了很多温馨的镜头。食物链顶端的野生动物的温情更打动人，会给我能量，让我疗愈自己、内心充满喜爱的感觉。

杰夫老师是拍摄野生动物大师级的存在。他还不辞辛苦地利用午休和晚餐前后的时间逼着我们跟他学习后期，告诉我们如何改进自己。他要求我们不仅要拍到，还要有比较好地表达作品的能力。不然，说是杰夫的学员却拿不出一张像样的作品，丢人。对偷懒不听课的学员，他也会骂。

普通旅行团的行程安排总是很满很累，上车睡觉、下车拍照，几乎没有喘息的时间，也没有静下心来欣赏的时间，基本都是打个卡就走，来去匆匆，什么也不记得。有过这次非洲跟团深入拍摄的经历，我就不想再参加那些既花钱、又疲惫，还没啥收获的“走马观花团”了。

我和父亲以为，我们已经成功地将母亲去世所产生的悲伤消化了。但夜深人静、母亲的生日、中秋节和春节，无一不在提醒着我们，其实悲伤一直都伴随左右，只不过我们选择将其屏蔽了而已。

看世界美好的同时，妈妈去世的画面也会出现在我的脑海中。能逃避吗？还不是自欺欺人地以为可以忘记曾经的伤痛。

我想停下来，让自己静一静，思考将如何面对自己的死亡。

毕竟，逃无可逃。

⑤ 寻找更好的死亡方式——遇见“海医”安宁

旅行的确可以疗愈自己，但我还没为自己的死亡做好准备。要想无忧虑地继续旅行，首先要解决我一直困惑的问题——如果我的病情恶化，那我准备死在哪里以及我要怎么死。如果我不想像妈妈那样孤独痛苦地死，那还能以什么方式？如果最后出现不能在家里处理的症状，那哪里可以帮我缓解症状，并且可以让我不那么孤独无助地走向死亡？

我，开始寻找不那么悲惨死亡的可能。

2017 年 7 月，妈妈家楼上的邻居、北京海淀医院血液肿瘤科的秦医生发了一条朋友圈（她帮助过我的母亲，我们加了微信好友），说海淀医院成立了安宁病房，并介绍了安宁的概念：病情不可逆的生命末期患者在安宁病房可以缓解身体的不适症状，还可以有尊严、有温暖陪伴地告别这个世界。当时我的第一个想法是：妈妈没能赶上……但当我到生命末期时，可以考虑提前联系这里。

2018 年初，我看到一则报道——罗点点主持推广生前预嘱，即提前表明自己需要什么、不需要什么救治措施，并报备家人。在自己不能自主表达意愿时，便可照此执行，避免家人不知所措。

我觉得有必要填写生前预嘱，至少可以自己决定不要什么——不要疼痛；不要增加痛苦的治疗和检查；不要心肺复苏；不要气管插管；不要植物人状态下的生命支持治疗，等等。我要在治疗和护理中得到隐私保护。填好生前预嘱后，我给先生和我哥各发了一份留作备用。

当时，生前预嘱推广协会还在招募七彩叶志愿者，我虽然不知道这里的志愿者能做什么，但总该是做一些对大家有帮助的事情，便也报了名。

我的预嘱序号为 15227，志愿者号为 1171。

填写了生前预嘱之后，我遇到一个问题：生前预嘱固然很好，但要怎么执行呢？在我入院且不能为自己做决定的状态下，医生怎么才能看到这份预嘱并遵照执行呢？需要跟医保联网吗？这是医生决策的必要条件吗？如果家人跟医生说我有生前预嘱，医生又会根据什么来执行这份预嘱？这些问题当时都没有答案，所以我只能把生前预嘱作为一个让我的死亡不那么痛苦的备用方案。

2019 年 7 月，秦主任招募安宁病房志愿者。这给了我了解安宁病房的机会。

我小窗问她：“您好，我能去做您的志愿者吗？”

她回复：“可以啊，你做过什么相关工作吗？”

我说：“我没有任何志愿者的工作经验，也不知道志愿者都需要做什么。但我会摄影，可以做志愿摄影师，帮助记录志愿者服务的场景。”

秦主任给了我志愿者负责人张薇老师的电话，让我直接联系她。经沟通后，张老师说志愿者要经过培训才能上岗，我可以先作为摄影志愿者去试试，感受一下自己是否适合这里。

7 月 6 日，我带着相机，第一次走进北京海淀医院的安宁病房。

来病房之前，我心情忐忑，需要鼓足勇气。母亲骨转移做放疗时，那里有病人常常痛得发出惊心动魄的哀号，听到的人没有一个不被刺激得惶惶不安。护士说那位患者曾是本院社保办的主任，癌症末期止痛药未续上的时候，她疼痛难忍，只能哀号。

惨烈的哀号令人毛骨悚然。每当她哀号时，病房里的其他患者都会很紧张，会联想自己最后的样子。我和妈妈也感到揪心的紧张。沉默良久，妈妈说：“这样看，你久姨当初肺癌脑转移不省人事，感觉不到疼痛地死去也算是很幸福的。”她希望自己最后也能进入昏迷状态，避开这位患者所忍受的那种剧痛。

因为有过以上经历，我想象中癌末患者病房的样子就是充满呻吟忍痛的患者、脑转移昏迷的患者，以及各种痛苦不堪的患者——将死之人的聚集地。所以，一直到跟着志愿者进入安宁病房前，我的身体都是紧绷的。但我是为自己寻找最后的去处而来，硬着头皮也得进去看看。

推开门后，我看到病房内阳光明媚，窗台上有些小花盆，花儿开得正旺。志愿者用很温暖的语言跟每位患者打招呼，患者也都报以老熟人般的亲切笑容。这里没有哀号，也没有苦不堪言的忍耐。每位患者都表现得淡定甚至悠然，都至少有一位家人陪伴。

在一片温馨的氛围中，我紧绷的身体开始放松下来。而我所看到的志愿者服务更是深深地震撼了我。

资深志愿者车老师（她是社工师）握着患者的手，俯身跟躺在床上的患者交流。我惊讶地看到她的眼神和表情，像是宝贝着自己的孩子一样宝贝着患者！

资深志愿者宋老师（曾经是肿瘤科医生）和崔老师（退休志愿者）在给患者洗头，如同给自家亲人洗头一样小心地调试水温，轻柔地为患者按摩、揉洗头部，然后冲水、吹干。在这个过程中还会注意保护患者的伤口和床具。她们还动员并指导患者家属给患者洗头，表达亲人间的爱意。当大学生儿子在志愿者的帮助下第一次为病重的父亲洗头时，父子俩都很开心，孩子的妈妈也感动到流泪。患者主动要求我给他和儿子拍张合影留作纪念。

资深志愿者吴老师给患者理发，如理发店般注重发型美观并细心服务，深受患者欢迎。理发只是她的技能之一，她温暖的陪伴服务和果断处理问题的能力更是被伙伴们一致称赞。

志愿者们用充满爱意的目光与温暖的话语跟患者及其家属交流，他们的互动像是老朋友见面，不时还能听到彼此的笑声。病房里的气氛祥和、温暖、有爱，患者被深深珍视与呵护着。我被震撼到了，同时又很困惑——这些志愿者是怎么做到的？

这里的患者是幸运的。在他们人生的至暗时刻，有人握着他们的手，给他们温暖与关爱，陪伴他们一起面对即将到来的死亡，他们是安全的，也并不孤独。如果我到了生命末期时可以来这里，被这样宝贝着、呵护着、陪伴着，身体的疼痛也能得到控制，那我的死亡就不会如妈妈那样痛苦、孤独。嗯，我决定了，这就是我告别世界时要来的地方。

慢慢地，我了解到：病情不可逆、生存期不足一定时限的患者，经过医生评估才能进入安宁病房。进入安宁病房的患者，不再以医疗救治为主要目标，不再用各种设备或任何救治措施延缓死亡进程，而是尊重死亡的自然过程、提升死亡的品质，在缓解不适与疼痛的前提下，尽可能给患者创造舒适、有尊严、有品质的临终生活。此外，还会给予患者人文关怀，允许家人陪伴，甚至有一间配有冰箱、微波炉、折叠床的告别室，专门供家属和患者进行最后的陪伴与告别。正因为患者的不适症状得到最大程度的控制，患者才有心情与人交流、接受服务、安排后事、跟家人好好告别。

我在这里为他们服务，让更多人免受妈妈那样的痛苦，这样是不是也可以告慰妈妈的在天之灵？算不算是一种对妈妈的补偿？又或者，是不是可以通过志愿者服务或多或少地减轻我因妈妈而产生的自责与悲伤，甚至疗愈自己内心的伤痛？就算为了自己的死亡做准备，找到一个可以奉献自我，然后心安理得地享受安宁疗护的地方，是不是也很好？

安宁病房里只有六张床，但想来这里走完人生最后时光的人一定很多，不仅要满足条件，还要排队。所以我削尖脑袋想成为这里正式的志愿者，以便有近水楼台的可能。于是，那段时间我几乎每周都来参加志愿者活动，从单纯的摄影到学习给患者洗发并协助理发，慢慢成为一个可以胜任一些服务性工作的志愿者。

尽管我终于成为正式志愿者，但我却难以表达出资深志愿者那般的爱与温暖。那个阶段的我，内心深处是充满负罪感与哀伤的。自己是缺爱的，自然无法以满眼都是爱的状态去爱别人，装也装不出来。

我的志愿者服务只为“刷脸”，给自己谋取安宁病房的一个床位资格。为了这个目标，我积极认真地做志愿者服务的工作，但我的内心依然是封闭的——以这样的状态做志愿者服务并不太顺利。每次走进病房，看到比母亲幸运很多的患者开心的笑容和志愿者爱护他们的目光，我都会不由自主地想起母亲孤独悲惨的死亡，内心五味杂陈。

这种对比产生的巨大落差，激活了我深深的悲伤与负罪感。我不能原谅自己，一个不经意的由头都能让我哭出来，整个人处于一个脆弱、身心俱疲的消耗状态。我把志愿者做成这个样子，既不能给患者带来直达内心的温暖，更不能激发内心的爱来实现自我疗愈。

每次志愿者服务前后，伙伴们都会手拉手彼此鼓励——我们同在。我的身体跟着做，但内心依然孤独，仿佛我和大家不在一个世界里。我很迷茫，不知道自己还能坚持多久。

我进入海医安宁志愿者团队时没经过正式的培训，所以缺乏相关方面的素养。秦主任和张老师都跟我说，每周三晚上六点有针对志愿者的培训，是由心理学很厉害的王扬老师讲的，关于心理、生死，以及如何跟患者交流等诸多方面，我可以去听听。我自然希望缩小跟大家的差距，所以很愿意参加学习。从此以后，我每周都会抢周三的服务资格，就是为了服务之后顺便去听课。

| 第五章 |

生死教育是一场救赎

❶ 王扬老师的生死教育心理课

王扬老师的生死教育课已经开讲一段时间了，我去的时候正讲到跟患者交流和时光相册的部分，还涉及了志愿者自己的心理建设与成长。

其中有一堂课，老师让我们每个人讲一段时间最近、印象最深的关于丧失的经历。两个人一组进行小组分享，然后提炼。彼此熟悉的志愿者都就近两两搭伴了，但我跟大家还不熟，不知道该跟谁一组。当我看到总是用温暖目光跟患者交流的车老师时，问她："可以跟您一起吗？"她温暖地对我笑着说："可以啊！"

我不想讲那些会撕裂自己伤口的过往，便在脑海里搜索可以应付课堂要求的无关痛痒的故事。我请车老师先讲她的故事，但我却抑制不住内心涌起的悲伤。车老师讲了她经历的死亡故事，我神情恍惚，不记得她说了什么。她都已经讲完了，而我还没准备好。我抱歉地说我不想讲母亲的死亡，但也不知道该讲什么。她用像面对患者那样的眼神鼓励我讲出母亲的故事，她说："讲出内心的悲伤，你会得到专业老师的指导与帮助。"

于是，我稳定了一下情绪，开始讲我母亲的故事，讲我如何深陷愧疚与悔恨中难以自拔。整个过程我都十分悲伤，无法控制地泪流满面。在小组分享完毕集体提炼时，轮到我们组的那一刻我也依然没走出悲伤。车老师简要地跟王扬老师说明了我的情况，于是王老师针对我这个案例做了如下指导：

（1）自责悔恨是仅次于自杀的行为

"你妈妈希望你怎样活着？是像你现在这样活在悔恨中吗？"

"不会。妈妈应该希望我无忧无虑地活着。"

"那你能像母亲所希望的那样生活吗？"

"道理上是这样，但我做不到，我没办法原谅自己。"

"自责悔恨，就是恨自己，这是仅次于自杀的行为。"

"自杀？"我愕然。

（2）换个角度看自己

"不要用自己今天的进步否定昨天的自己。在当时的情境下，以你当时的认知，你已经尽全力为母亲做了很多，虽有遗憾，但那也不是你能左右的。所以，你应该欣赏当初为母亲尽心尽力的自己。

你可不可以用爱的、欣赏的角度看这个世界和你自己？

换个角度看，你应该爱自己，而不是恨，对吗？可不可以试着跟你无法原谅的那个自己和解？”

老师的话，打开了我从未思考过的角度。我呆住、品味着，有点反应不过来。

（3）四道人生

王扬老师走过来，拥抱了流泪的我，并在我耳边说：“如果你依然觉得对不起妈妈、对妈妈有亏欠，那么有一件有仪式感的事你可以做一下：回家拿出妈妈的遗像或者遗物，就像面对着妈妈一样，跟她好好聊一聊。跟她讲你的歉意，恳请她的原谅；跟她表达你的感谢，谢谢她给予你生命、抚育你成长；告诉她你很爱她；最后一定记得跟妈妈告别，跟她说再见，还包括你很想念她，你会按照她的意愿好好生活、会照顾好父亲，请她放心。做过这件事之后，你的感受应该会好很多。”

王老师让我跟母亲道歉、道谢、道爱、道别。后来我才知道，这叫“四道人生”。

我人生中第一次有人跟我讲“应该欣赏那样努力的自己”“试着跟自己和解”，第一次有人真正“走进”我的内心深处、理解我的悲伤，教给我可操作的化解方法，帮助我走出悲伤。

对我而言，这是以陌生的角度来看待自己和其他事情；我很震惊，就这样从懵懂到进入了一个新世界。

当晚回到家，我拿出藏了两年的母亲的遗像，把它放在床头。我坐在母亲对面，看到她目光的那一瞬间，便泪流满面——两年了，妈妈，我把您藏起来两年，因为觉得无颜面对您。

❷ 与母亲的告别仪式

我跟母亲聊了三个小时：

聊我当时送她去医院后，自己的内心状况：看到她受难而自己却无能为力的无助感、深深的自责与悲伤；聊我每天从医院回家，在路边停车为她痛哭；聊我对送她去医院这一决定的深深后悔与无可奈何；聊由于我的决策失误才导致她在临终前那么痛苦，去世时那么孤独，只能一个人面对死亡，而我多想让妈妈在我的怀抱里离开，就像我在她怀里出生时那样，但我没能做到；聊我当时逞能，没有寻求哥哥与其他家人的帮助，导致她缺失感受更多关爱的机会；聊我渴望得到她的原谅，摆脱深深的罪恶感与悲伤；聊感谢她给我生命、抚养我长大，尽管我一直让她很失望；聊我因过度压抑与哀伤而让自己得了癌症，曾经想随她而去，却又惦记父亲没人照顾而陷入纠结。

还聊到父亲在她离世后，因为思念她而得了抑郁症，好几次想自杀却终被劝阻；聊父亲如她所说，得了阿尔茨海默病——老年痴呆，但即使这样，也没忘记她，每天晚上都会起来找她；聊父亲现在在养老院生活得还不错，找到了可以一起聊天的同龄人，有共同语言不寂寞；聊养老院环境好、设施科学，每周吃饭换着花样不重复，还有专人24小时护理，父亲在那里已经成为“麦霸”，我每周去陪伴他三次，请妈妈放心，我会照顾好父亲。

聊王扬老师对我的指导，我想在得到妈妈的原谅之后，试着换个角度看待曾经的自己、跟自己和解，不再活在悔恨与负罪感中。妈妈是不是也希望我可以做出这样的改变？

我还告诉她我已经成为海淀医院安宁病房的一名志愿者，希望为生命末期的患者、为安宁病房做一些力所能及的事，也希望可以或多或少弥补我对妈妈的亏欠。我跟妈妈说再见，愿她的灵魂得以安宁，愿她在她的世界一切都好，我们都会好好生活，请她放心。

这三个小时的“对话”中有“四道人生”、有流泪，也有美好的回忆。

跟妈妈聊过之后，我深深地吸了口气，再慢慢地吐出来，如同释放了压在心里很久的阴霾，感觉身心都轻松了些。再看妈妈的照片时，看到她给我的是温暖祥和的笑容，她一定原谅了我，我也不再心虚、不再躲闪，我们对望了很久……我在心里给自己打气：努力改变自己吧，让妈妈看到我灿烂地活着，并且把父亲照顾得很好。

从此，我将母亲的遗像摆在我工作的书房里，还常常跟她打招呼，与她分享喜怒哀乐，整个人的状态也逐渐好了起来。

我特别感谢王扬老师教我补做跟母亲的告别仪式——“四道人生”。这是一场将我从悲伤与愧疚的深渊中解脱出来的救赎！

| 第六章 |

生死教育对我的滋养

❶ 生死教育课启发我思考生命与死亡

我在海淀医院安宁团队的生死教育培训课程中，得到王扬老师的指导，跟母亲聊过之后，我开始思考生命与死亡。这让我的头脑从浑浑噩噩逐渐转为清明、从哀伤得难以自拔到用爱的角度看世界、看自己，与自己和解。这是我人生的一个重大转折点，同时我也觉得自己关于生死知之甚少，急需汲取营养。

从此，王扬老师的生死教育课我每堂都不落下地听，因疫情改为网课后，我也一直认真学习，甚至将老师的课程内容细心整理后放到“喜马拉雅”上或整理成文字分享在安宁病房公众号上。

王扬老师的课总是给人很多新的理念和启发，引人循序渐进地思考生命与死亡。

比如，死亡逃无可逃，既然如此，不如面对，为死亡做好准备。

比如，即使我们不谈死亡，死亡也会一直如影随形地伴随我们。回避不如敬畏、臣服，淡然面对，活好当下。

比如，如果家人回避与处于生命末期的患者谈论死亡，那么患者只能一个人面对死亡。但事实上，跟患者谈论并帮助其做好准备，就能够陪伴患者一起面对死亡。

比如，在家人离世前多为他们做些事情，也会降低生者的哀伤。

比如，参加告别仪式反而有利于生者走出哀伤（我父亲没有参加告别仪式，他的哀伤与自责一直伴随着他）。对成年人如此，对孩子也是如此。

比如，关于死亡，不要对孩子说谎，那样会给他们造成二次伤害，而是应该以温暖恰当的方式讲给他们，引导他们为逝者做些有意义的事，并告诉他们你会陪他们经历这一切。

我们在病房服务实践中也持续接受着生死教育。秦主任会时不时以看似随意却能量满满的警句启发、点醒我们，那是她长期以来对工作的思考和总结凝练而成的。

比如：人活成什么样，就会死成什么样；每一位患者都是教导我们生命成长的老师——生命教导生命，生命影响生命；献爱的人也需要被爱；一个人不可能把自己没有的东西给予他人。做志愿者，首先要好好爱自己，只有当自己被爱充盈、被温暖时，才可能给患者带来爱与温暖的感受。她所说的这一切都在我们的实操过程中被验证、被感悟着，促进了我们的成长。

在安宁志愿者培训平台获得的这些理念，于我过去的认知而言是颠覆性的、醍醐灌顶且震撼人心。我发自内心地认可这些理念，迫不及待地渴望更多的学习与了解。

而我在病房实践中所闻所见的死亡，是安详、平和、有爱且温暖的，不知不觉地抚平了我对死亡深深的恐惧。我不再逃避面对死亡，而是能够淡然以对，并对死亡充满敬畏。

在海淀医院安宁志愿者平台的学习，是我放下包袱、重启人生的转折点，也为我作为临终关怀志愿者提供了重要的理论基础与支撑。

② 学习芳香心灵呵护，修炼内心

在安宁病房服务的志愿者团队中，有一个由台湾同胞赖大叔率领的“芳香心灵呵护分团”。他们身穿黄马甲，针对患者的不同症状，用不同配方的芳香精油为患者做芳香抚触、同频呼吸，以及心灵呵护。神奇的是，曾经因身体不适而不安呻吟的患者，在抚触下渐渐放松下来，慢慢安睡。在他们安睡之后，志愿者们才悄悄地离开。

我对这项服务充满好奇：怎么涂个精油、按摩一下，甚至只是芳香呵护团队的志愿者与患者同频呼吸、默默给予祝福，就能缓解痛苦、令患者放松呢？

安宁病房秦主任提出的口号是：献爱的人也需要被爱。于是我们这些志愿者也成为芳香呵护的阶段性服务对象。

一次病房服务结束时，志愿者主管张薇老师带我走进一个房间，说让我体验一下芳香呵护。只见赖大叔带领一众穿黄马甲的志愿者在这里进行坐式芳香抚触服务，服务对象是医护、志愿者、患者家属、保洁阿姨。

我坐下来，按照语音引导闭上眼睛，慢慢地呼吸，在志愿者的抚触下感受自己的身体。

我感到一股暖流沿着志愿者的双手在我的身体上游走，我人生中第一次被人珍爱、呵护地抚触。我控制不住地感动，鼻子酸酸的，想落泪，也渴望被拥抱。

之后每次我们绿马甲志愿者（洗头理发的志愿者）活动时，我都特别盼望见到黄马甲志愿者，期待有机会享受芳香呵护。

不久，海医安宁志愿者平台与赖大叔合作开设了海医安宁芳香心灵呵护讲师班。我心心念念的芳香心灵呵护竟然在向我招手，就如同天上掉下个大馅饼砸到了我，我立即报了名。

芳香心灵呵护课程，除了基本手法和精油知识外，更注重志愿者内在品质的修炼，是一套建立在“四不”心理模型[1]基础上的对于心理、身体、关注度、面部表情、肢体语言等多方面的综合训练。我们要无差别地面对每一位被服务对象、

---

1 不分析，不评判，不下定义，不后悔。这是针对服务者提出的要求，面对患者做到“四不”，才能没有分别心、心态平和地做好服务。这对患者，对志愿者都有保护意义。

强化自己内心的承载力、滋养出祥和稳定的内心状态，同时注意对呵护度的把握与自我保护。

我们的训练课程令人难忘：我们练习近距离相互对望，眼神要坚定而祥和，不躲闪、不乱转。因为当面对患者时，坚定、温暖、祥和的目光才会给对方带来安全感，才可能让对方放松自己。说到容易做到难，因为首先要做到内心平和无杂念。刚开始练习时，我会眼神躲闪，想要流泪，身体还会不由自主地向后仰——这是一种逃避；我们练习拥抱，要令对方感到安全、被安抚。跟不同的学员拥抱会有截然不同的感觉：有的人会令我感到很有安全感，很想在他这里放松、停靠；有的人会令我很想保护他、安抚他；有的人会令我感到压迫，想尽快离开；有的人会令我感到有距离、很冷漠；有的人令我感到有危险，下意识地拒绝靠近。

这一切的感受都反过来启发我，该做到什么程度，才能令对方感到安全、温暖、被接纳、被珍爱。其中最难的，是做到心无杂念、没有分别心。

关于拥抱，赖老师说，以往人们习惯于在拥抱他人时拍拍对方的后背，但实际上，“拍拍”这个动作所传达的信息是：好了好了别哭了、别悲伤了、别……了，是让对方停止情绪表达，是叫停而不是安慰。安慰的拥抱，应该是在拥抱时如抚摸婴儿般轻轻抚摸对方的背部，让对方感觉自己是安全的、被无条件接纳的。这时，即使我们什么都不说，只是默默陪伴都可以带给对方支持。这种支持就是：我和你同在，我与你一起面对。此外，实践证明，很多时候不说话比说话的效果更好。因为在当下那个时刻，默默陪伴反而可以给对方更多自我修整且不被打扰的空间。

我们学员之间会互相练习做芳香抚触，老师教我们要把握好“度”，不要太“用力”，并提醒我们：进病房要给予患者关爱与温暖呵护，而离开病房结束服务时要学会“切断”，离开医院也要学会即刻回归自己的正常生活，这是一种自我保护。只有具备这样的切换能力，才不会因服务时的场景或情绪影响而伤到自己。才可能做得长久。

在进行一系列心理素质和肢体语言训练的同时，还要结合死亡与灵性启蒙教育。因为做芳香心灵呵护，除了芳香抚触外，还涉及灵性关怀这部分。毕竟我们服务的对象是即将走到生命尽头的患者。而这部分是最难学习的。

老师给我们推介了一些对死亡具有开拓性探索的文献、书籍与视频。这让我开始认真思考我从哪里来，要到哪里去的问题，让我有兴趣对死后的世界进行探讨和学习。这些自我内心修炼，是做心灵呵护的基础。只有自己不惧怕死亡，对死亡有更深层次的思考与探求，才可能从容面对患者的临终困惑，带给他一定的安全感，并淡然而温暖地陪伴他。

带给我收获最多的也是心灵成长这部分。它要求我们：没有分别心，不要太“用力”，不要纠正他人；尊重、接纳你所见到的，接纳你喜欢与不喜欢的；尽可能不做分析评判，平和淡然地面对你遇见的一切。如果把每一种你看到的实相都当作学习与自我成长的机会，心态自然会平和，而你只有在平和的心态下，展现给患者的，才可能是祥和与自信的状态。

学习芳香呵护的另一个收获是训练自己的呼吸。我们在服务中需调息，经常做服务，自然也就会经常处于心无杂念的调息状态，这对我逐渐进入淡然祥和的状态非常有帮助。

随着学习的深入，我可以明显感觉到自己的变化：从刻意练习不分析评判、无分别心地全然接纳，到逐渐能够自然而然地进入接纳包容的状态。很多伙伴都发现：我整个人变了，变得温暖、平和，精神状态也更好了。

海医安宁开设生死课程与芳香呵护课程原本是想为志愿者更好地服务患者打基础，但意外的是我自己的收获更多。这令我很惊喜，也很有幸福感，在不知不觉中内心被爱充盈。我也可以做到用充满爱的、祥和而坚定的眼神跟患者交流，并为他们服务。这是我学习与生命的成长。

经过几个月的集中培训，我已经成为一个还不错的芳香心灵呵护志愿者。老师带我们在海医安宁病房、北医六院、东直门医院、301 医院、阜外医院，和北京儿童医院实习，不仅服务于患者，也服务于工作压力巨大的医护人员。看着他们在我们的服务中渐渐放松甚至进入深度睡眠，我们便会觉得很欣慰、很有成就感，觉得我们做的事情很有意义。

在安宁病房里也同样如此，芳香呵护团队除了服务患者，也服务医生护士、护理员、患者家属、保洁阿姨、志愿者，帮助他们放松解压。

记得有一次在给绿马甲志愿者做完芳香呵护服务之后，如我当初第一次被呵护一般，我所服务的志愿者拉住我的手说：“谢谢，这感觉太温暖了，为什么被您呵护之后我想流泪？为什么我渴望被拥抱？您能抱抱我吗？”这是她被珍爱之后的感动，我张开双臂拥抱了她。

在病房，我把秦主任和王扬老师的生死教育内容与芳香心灵呵护的灵性关怀相结合。当志愿者修炼内心到可以淡然、温暖地面对死亡的程度时，自然可以在服务中给予患者支持，用芳香呵护帮助患者放松身心，用灵性关怀缓解患者对死亡的恐惧，让患者知道：死亡是生命旅程中很自然的一部分，那一刻可以是祥和、安全的；我们会握着患者的手与之同在；就算我们服务结束后离开，也会把我们的爱和温暖留下来，继续陪伴其左右，给患者力量。患者握着我们的手或努力地紧紧拥抱我们时，一切尽在不言中。

记得有人说过，这个世界上最大的善意之一，莫过于帮助他人善终。能在临终者人生的至暗时刻，握着他的手给予他温暖陪伴与灵性安慰，让死亡变得有温度，是一件特别有意义、让这个世界变得更美好的事。

而我，正在与安宁团队的医护老师和志愿者伙伴们一起做这件事。我很欣慰，因为这给我的人生赋予了新的意义和价值。

❸ 读书、参加各平台的学习

各个平台的死亡教育、相关主题读书会、濒死体验分享等相关课程，只要时间允许，我都会挑选我认为自己听得懂、今后服务用得上，或者对自我成长有帮助的部分跟着学习。这很实用主义，但对我而言却是最有效率的学习。

这些学习帮助我从不同的视角了解死亡。不知不觉中，我对死亡的恐惧与无措变淡了，而且变得越来越淡。我转而开始思考生命的意义，对死亡抱有敬畏、臣服、好奇之心，愿意触摸、讨论与死亡相关的话题，并将所学运用到志愿者服务中。

2020 年，北京协和医院的宁晓红老师带领协和安宁缓和医疗团队，发起了“安宁缓和医疗社区公益培训”。这意味着社区里的生命末期患者都有机会在自己家里离世，并在离世前得到医护及志愿者团队的安宁呵护：协和医院安宁缓和医疗组给予社区医院团队医学技术、人文关怀指导与培训支持；社区医院在协和的指导下，学习如何帮助患者控制不适症状，希望让更多的患者在自己家里，有亲人陪伴、有尊严地走完人生的最后时光；协和安宁缓和医疗团队的学科带头人宁晓红老师以及团队的医生、护士长在百忙之中坚持每周主持参与安宁缓和医疗社区公益培训的网上学习例会——介绍案例和社区医院实践者遇到的问题；医生、护士长针对不同问题给出极具可操作性的解决方案；也讨论患者的心理问题、家属态度、如何更好地沟通、如何告知坏消息等部分。对于这些方面，社区医护通常不善沟通，宁晓红老师会言传身教，用案例简明地告诉学员如何看到现象背后表达的情绪；如何引导患者或者家属表达、思考并做出决定，而不是我们为其做决定。宁老师通常会给出总结性指导，这些讨论也具有作为普及性课程的意义，大家受益匪浅。

安宁缓和理念进社区，让患者既可以得到安宁疗护的专业照护（身体不适症状得到控制），又可以在自己熟悉的环境中离世——这是在我们国家人口众多、安宁病床极少的情况下，最为可行，同时更加具有人文关怀意义的安宁缓和模式。

这是我喜欢的方式，我也乐于多了解并参与实践。我作为志愿者参与过几次社区实践研讨的网上例会，负责整理编辑文字稿。在这个过程中，我既是志愿者，同时也是新知识的学习者和受益者。

协和关于安宁缓和院内联合会诊、医院急诊应用安宁疗护的研讨等学术交流会等，凡对外开放的，我就会去听课学习。

另一个令我受益良多的，是协和志愿者培训平台推出的每周进行串讲讨论的，由中国台湾安宁疗护引领者赵可式老师开设的安宁缓和系列课程“生命不可承受之重——从医学看生死”。

这套课程从医学、伦理、心理等角度丰富了我对安宁缓和医疗的理解。其内容包括：

◇ 安宁的理念：如创始人桑德斯所说——你是重要的，因为你是你。即使活到最后一刻，你依然是那么重要。我们会尽一切努力帮助你安然逝去，但也会尽一切努力让你好好活到最后一刻。

◇ 安宁：缓解疼痛及其他痛苦症状；肯定生命，但同时也认识到临终是人生的正常历程；既不加速，也不延迟死亡的到来。

◇ 安宁缓和医疗也是积极的治疗：预防并缓解患者生理、心理、灵性的痛苦。

◇ 安宁疗护与安乐死不同：安乐死是为逃避痛苦而结束人的生命；安宁疗护是为人的生活品质而解决痛苦。

还有——生命伦理，如何沟通，恐惧死亡的原因，临终者的心理与需求，患者善终、家属善别，四道人生，沟通与同理心，临终患者家属需要的照护，把临终阶段转变为人生最后的成长阶段，家属的哀伤抚慰，等等。

跟着宁晓红老师和秦主任参加安宁缓和进社区的共建与宣传活动，让我能够耳濡目染地充实自己。印象最深的是观摩协和安宁志愿者培训师成佳奇老师与患者的个案沟通。我的第一个感受是，有信仰的患者面对死亡时既不恐惧，也不紧张。那是一位信仰基督教的生命末期患者，她的腹部因积水高高地隆起，腿脚也肿得发亮，可想她的身体即使在得到安宁病房的症状缓解处理后，也是不舒服的。但她却以灿烂的笑容对我说，无论死去还是发生奇迹活下来，她都心怀感恩，所以她说："我一点也不害怕死亡。"

另一个感受是，临终患者通常担心自己成为家庭和社会的负担，我们帮助她唤醒对自我人生意义的认可，患者的精神状态会有很大的改观。那是一位气质绝佳的女士，处于癌症晚期。佳奇老师带我进病房时，她的心情很不好，整个人很消极。她抱怨说，如果不是因为相信朋友推荐的治疗手段耽误了时间，她不会这么早就进入生命末期。治病花掉家里很多钱，不但病没治好，还错失了自己曾经的写作梦想，现在也没有心力做自己想做的事了。她觉得自己是家庭和社会的负担，住在这里苟延残喘地活着还不如死了。

佳奇老师的做法有如教科书一般：他坐在患者的床旁，身体、视线高度都在患者最舒适的体位范围内，和蔼可亲地注视着患者，微笑着听她发牢骚，偶尔插话配合她。

初步聊天中，我们得知患者曾是国内著名的写纪实报道的作家，专门记录中国女性在各行各业的风采。她写过的关于中国女性报道的合集早已售罄，网上查到的二手书也都是高价的。曾经如此辉煌的一位女性如今虚弱地卧在病榻上，认为自己是社会的累赘，烦躁不安。

我们跟她表达了对她的敬仰，引导她给我们讲她的故事。患者感受到我们倾听的渴望，眼睛里便有了神采，开始侃侃而谈。她讲写作前采访的艰辛，为了挖掘素材，想办法让沉默的妇女对她敞开心扉所动用的智慧与耐心；讲她甚至不顾军队首长的劝阻，冒着枪林弹雨爬上前线战壕进行现场采访，身边就是中弹倒下的战士。当她活着从战场回来时，部队领导紧张地抱住她不敢松手；讲她的文章撑起中国妇女杂志的半边天……

我们由衷地感叹，“您是伟大的女性，您用您的写作留给这个世界这么多财富，我们深深地敬仰您，并被您感动。”——佳奇老师在引导患者感受自己生命中闪光的部分。

患者跟我们聊着聊着，自己就说：“跟你们一聊，我觉得我的人生还是很有意义的。我曾经历尽千辛为这个国家的女性发声，并给这个世界留下我的文字，我对社会是有贡献的，没什么可遗憾的，对吧？”她在与领队的聊天中找到了自己人生的意义与价值，并为此感到骄傲。

此时，她的心情与之前截然不同。她有些调皮地笑着说：“谢谢你们来看我！真的谢谢！放心吧，我现在很好！”我们跟她道别时，她的笑容很灿烂，是那种发自内心的笑。

疫情期间，我应邀参加由刘苡青老师牵头、多所高校心理教师组成的“失落与哀伤”平台的交流学习，在那里倾听中国濒死体验者的分享，听心理学中关于死亡的话题分享，丰富了自己对死亡的了解。

读书，也是我这几年成长的一个重要原因。从《前世今生》《身心合一》《西藏生死书》《当绿叶缓缓落下》《死后的世界》《爱·种子》《悲伤的力量》《你可以更靠近我》《每天拥抱死亡》到《好好告别》等。

因为疫情，安宁病房培训平台组织了一场网上读书会，大家一起读书并分享自己的感受。

组织者选择的第一本书是《悲伤的力量》。

我们相约各自看书，然后在约定时间一起讨论。有些伙伴因为很忙，没时间抱着书看，就选择了听书，很方便。有人发现喜马拉雅平台有人读《悲伤的力量》，便推荐给大家，我也去听了。但是这位朗读者不太认真，影响了我的听感。于是我在读书群里建议，我们自己分章节轮流读书。我们自己读、自己听，再来讨论时印象会更深刻。

于是，我在喜马拉雅注册了账号，起名叫作“莞儿，一个安宁志愿者”，并尝试读了一章。后来就演变成我每周提前读出来，供伙伴们听书，周末我们在读书群讨论，发表各自见解。

这是我朗读的第一本书，其中令我印象深刻的是：

不空谈死亡，也不想让你迅速坚强；

审视死亡与审视生命同样重要；

尊重并理解悲伤的过程，会对生命与爱有更深刻的体认与感悟；

接受帮助并学会自我帮助，小小的进步成长都可能令人生出现转折点——重建信心；

经历悲伤并获得支持，可以更好地面对生活；

悲伤是作业、苦工，一旦承担它，令我们得以痊愈，带着重新燃起的希望继续成长，投入一种不同的但依然美好的生活。

由此，我开始喜欢读有声书——与死亡相关的有声书。一是自己读书受益，二是我读的有声书可以给那些没时间看书，但在路上可以听书的小伙伴提供方便。

后来陆续又读了几本书：《当绿叶缓缓落下》《你可以更靠近我》《每天拥抱死亡》《下一站，天堂》和《好好告别》。

从之前干巴巴地读，到后来配音乐、做音频后期，我读书的水准有了些许提升。

《好好告别》是在英国临终安养院工作几十年的一线医生凯瑟琳·曼尼科斯根据她的临床实践所写的一本关于死亡的样子的书。满满的真实案例，讲述死亡的故事、死亡前后的各种表现、专业人员以及家人的应对。从众多案例中我们了解到：大部分死亡都是平静、安详的，会在深度睡眠中完成。死亡没什么可怕的。

宁晓红老师和秦苑主任都推荐医护和志愿者读这本书。她们认为这本书无论对医护、志愿者，还是患者及其家属了解死亡是怎么回事并消除死亡恐惧都极具参考价值，是教科书级别的好书。

这本书我自己也非常喜欢。这是我读得最认真、最动情的一本有声书，不惜反复重来并认真做了后期。

我把我的朗读分享到海医安宁、协和安宁、失落与哀伤的几个微信群中，引起了医护和志愿者的很大反响，他们纷纷向我表达了认可和喜爱。

读书本身对我个人的生命成长很有帮助，开拓了我的视野，令我有更深刻的思考。我觉得，读书可以丰富自己的生命，读书是爱自己的一部分，我很喜欢并能从中受益。

2021 年，我还在赖大叔的推介下参加了北京大学安宁疗护建设的培训课程，在这里聆听国内安宁疗护领域的顶级专家和学者关于安宁缓和医疗建设现状与未来发展的思考与案例分享，很受启发。

④ 每一位临终患者都是我的老师

秦主任说，每位生命末期患者都是我们的老师。在这里，生命教育生命，生命影响生命。

在安宁病房，有关患者的医疗、照护，以及社会的、心理的支持，都有专业团队来完成。志愿者能做的是上述内容之外的陪伴与服务。

在安宁病房服务患者过程中，我们学会从每一位患者对待生命与死亡的态度反过来审视自己，获得学习与成长。

绝大部分患者都知道进入安宁病房就意味着生命将到尽头。在这里只是不再有各种设备维生、抢救性的治疗，而是将重点放在控制疼痛、缓解身体不适上，让患者能够有家人和志愿者陪伴，并尽可能舒适、有尊严地等待死亡的自然到来。

每位患者在与医护沟通之后，都会思考自己在接下来的有限时间里要做什么，准备以怎样的方式和心态迎接那一刻的到来。每个生命都是独一无二的，所以，每位患者的故事都各有不同。

我不是个案团队的成员，没有从头到尾了解过一个患者的经历。但我们每周两次的洗头、理发、芳香心灵呵护服务，也给我机会在一段时间里，跟一些患者做与芳香心灵呵护相关的沟通，了解他们的状态和变化，启发自己的思考。

在此分享几个案例：

（1）美丽到底

有位女患者，她从进入病房开始就是从容淡定的。

她长得很美，眼睛大大的，五官精致，没有通常患者的衰态与不修边幅。她每天都把自己打扮得干净漂亮。我每次进到病房跟她打招呼时，都能看到她灿烂的笑容。有时我甚至会恍惚，觉得她不该是住在这里的患者。

有天我参加绿马甲服务，吴老师理发，我帮忙打下手。一般的理发只是帮助患者把头发剪短，方便住院生活，不大要求有型。轮到为她理发时，她提了要求：不要随便剪成图方便的短发。她说：“我要剪得有型有样的，就算是最后的日子，我也要让自己漂漂亮亮的。”患者全程举着镜子，跟吴老师商量哪里剪不剪，直到令她满意为止。吴老师按照她的要求，很认真地、一层层地为她剪出层次，修剪成型。

她很开心，在走廊里遛弯儿时遇见我，也开心地甩甩头问道：“我漂亮吧！”

渐渐地她不能下地了，但即使坐在床上，她的模样也是美美的、干干净净的。我们每次来服务时，她都笑容灿烂地和我们打招呼，开心地享受我们的芳香呵护服务。

再后来，她卧床了、昏迷了。护工说，她清醒的时候就曾要求护工，即使她昏迷，也要每天把她收拾得干干净净。

她把自己生命的最后时光，活成了自己想要的样子。她翩然离去，留给人间一份美好。我真心为她点赞！她美美的模样和灿烂的笑容也一直留在我的心中。我感动、敬仰这样绽放到最后一刻的美丽生命，希望自己最后走时也可以有自己想要的美丽样子。

（2）不会拥抱的一代人

有一位八十多岁的老年患者，刚入院第二天，没有家人陪伴。他一个人呆呆地坐在轮椅上。我们进病房跟每位患者打招呼时，他也木然地不理不睬。当我们团队围在一起为一位预约患者做芳香心灵呵护服务时，他划着轮椅转来转去地看着，眼神迷茫，还有一丝丝羡慕。

我温和地望向他，他犹豫、迟疑地问我：“你们在做什么？”我说：“我们在给患者放松身心，缓解他的紧张和不舒服。您要不要试试呢？”他眼中仍旧是一片茫然。那天，我是服务领队，想临时增加一次服务，安抚一下老人家的不安。我悄悄地跟赖大叔和团队成员打了招呼。大家都表示同意。

老人默默地看着我们为躺在床上的患者服务的全过程。当患者在我们的抚触下安静地睡着时，他惊讶地望着我。我走到他轮椅旁，一只手抚在老人的肩头，俯身在他的耳边问：“我来帮您做抚触，您感受一下，放松放松，好不好？”他点点头，却又摇摇头。

有位伙伴想安慰他，尝试去拥抱他，结果老人家忽然像被惊到一样，身体向后躲开。他非常紧张且抗拒，手足无措地将志愿者推开。

我忽然想起我父亲。那一代老人的生命都是在参加革命、建设社会主义中度过的，工作就是一切，不顾及亲情的表达。拥抱抚触都是所谓“资产阶级”那一套，是被鄙视的。老人家的不适应源于他的生活经历，他们是不会拥抱的一代人。

我们要循序渐进。我示意伙伴停止拥抱老人。我慢慢蹲在老人面前，握他的双手，他的手也下意识地往回缩了缩，我改用同志之间的右手相握的方式跟他握手，他接受了。

我抬头，温和地看着他的眼睛对他说：“我们就如同按摩一样给您做做放松好不好？我陪在您身边，用我们的手轻轻地抚触您，您试着闭上眼睛，慢慢体会。您会感觉很舒服的，会越来越轻松，您还能感受到我们大家对您的爱护。我们试试好吗？”老人安静下来，点点头。

我请赖大叔站在老人身后，用双手轻抚他的双肩，待他适应后，伙伴们开始分工合作：大叔轻抚他的头部、双肩；另外两个小伙伴是双臂和手；我则蹲在他面前，让他可以看到我，从他的双膝向脚抚触。

刚感受到我们手的触摸时，他还是有些紧张，身体微微发抖。在我们缓缓的、温和的、如同抚摸婴孩般的呵护下，他紧绷的神经终于慢慢放松下来，开始享受我们的服务。我想，在老人放松下来后，他自己应该也是思绪万千吧？我看到老人睁开眼看着我，强忍着眼中即将溢出的泪水，欲言又止。

服务流程做完后，我们都没有离开，而是陪在他身边。老人家深深地呼出一口气，之前的惶恐不见了，身体沉沉地落在轮椅中，松弛下来。我握着他的双手仰头看着他的泪目，微笑着跟他说：“谢谢您给我们机会为您服务。”他说：“从来没有，从来没有被这样爱护过，谢谢你们……”他眼泪瞬间流了出来。

大叔原本抚触在老人双肩的手顺势移动，变成对他的俯身拥抱。老人很感动，红着眼眶感受着，不再拒绝，这时又有一个伙伴张开双臂想要拥抱他，老人家充满安全感与信任地接受了我们的拥抱。在拥抱中我们都默默地给他爱的祝福。

我想，我们表达的温暖呵护与珍爱，他一定也收到了。尽管我们服务结束会离开他，但我们的爱会留下——愿我们的爱会留在他心里继续陪伴着他。我们偶尔一次的服务所表达的关爱与陪伴可以让他在生命终点将至的孤独时刻，感受到被关爱、被珍惜。此刻，他不再孤独。

这个案例告诉我们：即使是关爱与呵护，我们也不能太用力地急于给予对方。要观察、要因人而异，让对方在可以接纳的范畴内循序渐进地给其创造良好的体验，从而赢得信任，让对方可以安心地接收我们的爱意，而不是被吓到。

（3）泥球、军人风范

学习芳香呵护最初的实习中，我遇见一个令我印象深刻的患者。印象深刻源于两个方面：

一是患者身体累积的死皮，二是患者面对死亡的态度。

患者从外地转来。因为家属没有照护经验，害怕触碰患者的伤口，所以应该已经很久没给患者擦拭过身体。我们接到通知：这位新入院的患者身体不适，很久没能安睡，需要我们为他做芳香呵护，放松身心。

患者身形高大，肤色晦暗，皱着眉头躺在床上。医生和护士为他做了缓解不适症状的处理，但在还没有做完滴定确认疼痛级别以及准确用药量之前，他身体的不适依然存在。他的腿变换着姿势以缓解疼痛。但他咬着牙一声不吭。家属说，患者曾经是军人，特别能忍痛，所以才来晚了。说着便自责地眼泪涟涟。

医生跟患者家属说，已经为患者安排了一套芳香呵护，帮助患者放松一下，再看看患者能不能在放松之后睡一会儿。

忍痛那么久，他太累了。

大叔带我们三个学员为患者服务。我和 JOJO 负责患者手臂，大叔和另一位男学员负责患者双腿和脚。我蹲在床边，面对着患者，托起他的左手，从手到小臂为他涂抹配方精油。之后，跟随大叔的节奏开始抚触。

在精油的滋润下，患者干涩的皮肤开始变得柔软。我们节奏和运行方向一致地四双手抚触，安抚了患者的不安与不适，令患者紧绷的神经慢慢松弛下来。随着患者的放松，他的腿和手臂也不再较劲，而是缓缓地落在床上。患者很快进入了睡眠状态，他的确太累了。大叔说多做一会儿，让患者多睡一会儿。

抚触，是让我们的手最大面积覆盖患者的皮肤，伴随缓慢轻柔的移动，轻轻地抚摸。但我总感觉我的手与患者的皮肤之间有些什么东西？那些东西越来越多……忽然，我明白这些东西是泥球！天！竟然满手的泥球？我动作紧张、汗毛都立了起来。

我转头看看 JOJO，无声地对她说：好多泥球啊！她点点头，手没停，却回复我一个淡定的微笑。我又扭头看看大叔，大叔也一片淡定，无声无息地给我一个“是啊，这有什么？”的眼神。

我内心的翻滚导致我的动作没能跟大家同步，情绪反映在手上，患者感受到了，他的左手向后缩了一下。我们学习要“没有分别心地接纳”，而我却被泥球搞得如此慌乱？显然，我起了“分别心”，还进行了分析评判、下定义，然后影响了自己的心情，进而影响到患者的感受。我告诫自己要淡定，要把这场服务好好做完。

我深吸一口气，又慢慢地吐出来，恢复了平静。我看着患者，心里默默对他说：我珍视您，与您同在，便也与您的泥球同在，只愿您不再痛苦。就这样，我带着他的泥球跟上节奏继续抚触，患者也安静地继续睡了。

为了在患者无感的状态下扔掉手里满满的泥球，我调整了自己蹲着的角度，在抚触过程中跟随节奏上下推移的同时，先将泥球缓缓集中到手掌外侧，再向上向外改变角度推出，外掌微抬，自然地将泥球抖落。没多会儿，床单上落下不少黑色的泥球。

服务结束后，我假装为患者盖好单子，不可察觉地将所有泥球拂落到地上，然后扫走，避免患者和家属尴尬。

这件事令我反思了自己。都说志愿者服务要带着无条件、无差别的爱心，就是没有分别心地服务每一位患者。但这件事说着容易做到很难，每位患者都不同，美丽到底的那位女士让我看到她就心生欢喜，她给我灿烂的笑容，我内心也会跟着她一起灿烂。而这位军人患者的泥球就会令我内心慌乱，甚至汗毛竖立，这虽然是下意识的反应，但也是内心不接纳的表现。我距离淡然、无条件的爱与接纳还差得很远，对内心的修炼也还有很长的路要走。

这个案例，在交流芳香呵护“四不”心理模型时，我把它作为反面教材分享了出来。

说回这位患者，他是一位铁骨铮铮的男子汉，超级能忍痛，忍到不得不来安宁病房处理症状时已经很晚了。在得知患者的生存期很短这个事实后，患者的家属很崩溃。患者妻子很自责，忍不住地哭泣。每当这时患者会怒喝："哭什么？懦弱！"所以妻子不敢在病房里哭，只能在走廊里跟我们这些志愿者诉说她的悔恨与悲伤。那天，王炎老师和 JOJO 拥抱了她，轻抚她的后背，让她尽情地发泄情绪。

面对患者将逝的事实，患者妻子和姐姐完全不能接受，痛苦无助却寄希望于出现奇迹。那天我们来病房服务期间，妻子和姐姐忽然跪在床前，临时抱佛脚般地口念："阿弥陀佛，求佛祖保佑。"床上的患者突然暴怒，大声喝道："你们给我起来！闭嘴！干什么？我这个共产党员会怕死吗？你们这是对我的侮辱！"两个女人都吓傻了，没想到患者会这么愤怒，赶紧起身认错并安抚他。

服务后复盘时，大叔说，每个人信仰不同，要尊重患者的信仰，这是底线。

这位患者是共产党员、军人，以不惧痛苦和不惧死亡为荣。他家属的做法虽然是善意的，却并未符合患者的心意，所以才会令他如此愤怒。

大叔说，在患者弥留之际，为了减轻患者的恐惧，我们会从灵性层面引导患者跟着最亮的白光走，因为那里温暖祥和、有无条件的爱。如果患者是佛教徒，他就会把那道白光理解为佛光；如果是基督徒，就会把那束光理解为上帝之光。大叔讲他曾经服务过的案例，有一位患者是坚定的唯物主义者、共产党员，大叔所做的引导是让他朝着党的光辉走——那一定是最亮的一束光。

所以对于我们当时服务的那位患者，如果家属对患者说："您真是好样的，您表现出了军人和共产党员的风采，我们为您感到骄傲。"那患者可能会更受用。

无论患者怎样看待死亡，我们都要以患者为中心，尊重患者的选择；不要想着我们希望给患者什么，而是要了解患者需要什么。有时甚至用爱默默陪伴他们就好。

实际上，在患者临终末期，无论是在医学还是在心理陪伴等方面，我们可能也做不了什么，更多的是看着这一切发生，并默默祝福患者好好从此岸到达彼岸，顺利开启下一段旅程。当然，我们可以做的就是给患者和家人提供一个温暖安全的共处环境，让他们彼此告别，给予患者及其家属精神上的支持与慰藉。

陪伴是有能量共振的，在陪伴患者的过程中，我们自己也被生命陪伴着。

（4）至死也不肯面对死亡的人

病房中也有一些患者是愤怒的，他们觉得世界不公平，凭什么得病的是自己呢？

性格外向的会直接哇啦哇啦地发牢骚，觉得自己这么倒霉得了绝症，家属就该好好伺候，表达自己的各种不满，对家属说话也很生硬，家人做什么都不对，这样一来，扛不住的家属就会开始逃避陪护患者。这种患者通常也容易找志愿者服务的茬儿。

性格内向的患者感到愤怒或委屈就会闷头不说话，跟谁都不交流，把所有的事情都压在心里，拒绝志愿者服务。家属想帮助他，却也经常束手无措。

通常海医安宁团队会关注、安抚患者家属，指导家属理解患者情绪背后隐藏的孤独、恐惧与不安，在理解的基础上调整家属的心态，说话做事既不伤到患者也不让家属自己的情绪崩溃。我们理解患者家属的压力，所以也经常给患者家属做芳香呵护，放松他们的身心。

一般而言，随着病情的发展，以及安宁疗护团队的引导，患者会从愤怒、不甘、逃避、不承认、自我放弃，慢慢转化为接受现实。接受现实之后，才可能跟家人和安宁团队一起为死亡做准备。这种准备包括：协助患者完成未完心愿；四道人生；为患者做一份生命相册——展现他人生各个时期的英姿、故事、他（她）生命的意义、对家人而言的重要性；录音录像拍照给家人留下纪念，等等。

如果患者到最后依然逃避面对现实，可能就真的来不及做好准备了。拒绝沟通、拒绝承认死亡将至，就是选择一个人孤独地面对人生的最后一刻。但安宁团队也会尊重患者的选择，虽有遗憾也全然接纳，团队会默默陪伴在侧。这样的患者在去世后，会给亲人留下很多悲伤，因为如果没有好好告别，生者很难走出哀伤。

（5）大明的生日会

大明还不到四十岁，就已经到了癌症晚期。他有位漂亮的妻子和一个上小学的儿子。

年轻人遭此变故带给这个家庭很大打击。在经历了各种跌宕起伏，夫妻俩决定进入安宁病房时，他们已经接受了现实。家庭会议沟通顺利，夫妻俩与安宁团队一道为这次生命告别做准备。

大明进入安宁病房后正好赶上生日。安宁病房会给过生日的患者举办生日会，以此回忆生平，挖掘人生的闪光点，与家人朋友道谢、道爱、道歉、道别，互送美好祝福。

妻子和安宁团队的社工提前准备了资料和影像素材，制作幻灯片和相册。

生日当天，我们将大明的病床推进举办生日会的房间，房间内布置得很温馨，有气球、鲜花、生日祝福语……

我是这次生日会的摄像师，一共摆了三个机位。秦主任、白医生、欧护士长以及其他护士和志愿者都到位了，秦主任与患者及其家属确认之后，宣布生日会开始。主持人是一位实习社工师，首先表达自己很荣幸能够主持大明先生的生日会，然后开启 PPT 与大家一起回顾大明的人生成长历程：

大明出生在农村，努力学习并以优异的成绩考入北京，留在北京的国企工作。他工作努力，能力很强，很快成为公司的项目主管。待人也随和仗义，有很多好朋友。

他在网络上遇到红颜知己，相见、相恋并结婚。在某年某月某日，他的儿子呱呱坠地，成为父亲的大明工作更加勤奋，努力成为家庭的顶梁柱、工作单位的骨干、朋友心目中的好哥们儿、妻子眼中的好丈夫、儿子心中的好爸爸。

其中有一段是亲人、同事和好友给大明送生日祝福、说心里话的视频，这是最感人的一段。

首先是妻子的告白视频，主要回忆了他俩从相爱到结婚的那段时光。大明的爱把曾经内向自卑的妻子浇灌成自信满满、融入大明朋友圈子，并拥有许多朋友的人。她表达了对丈夫深深的爱，告诉大明她现在有能力把儿子照顾好，希望大明放心。她说儿子也是大家的，这么多朋友，我们会一起照顾好他。

播放这段视频的时候，大明泪流满面，紧紧握住妻子的手，微微点头，妻子更是泪如泉涌。他们身后的医生、护士、志愿者也都为之动容、落泪。因为大明的年龄和她们差不多，孩子也差不多大，这么年轻就到了癌症末期即将离去，深深的惋惜与感同身受让人没办法不伤感。儿子在一旁看着视频，默默用衣袖擦着眼泪，大明朝儿子伸出手。主任走到大明儿子身边，帮助他调整坐姿，并将儿子的小手放到爸爸的大手中。

然后是儿子对爸爸说心里话："您是我心中最好的爸爸。

您放心，我会好好学习，继续画油画，也会照顾好妈妈。”

再后面是其他人的问候视频。大明的好朋友一家祝大明生日快乐，告诉大明：“你的儿子我会当自己儿子一样关照，我老婆会像照顾自己姐妹一样照顾你老婆，我会开车带她们出去旅行，大明放心。”大明有欣慰，也有感动，对着视频点头，做出 OK 的手势。

后面还有很多工作中的同事、朋友、领导对他的肯定与祝福。听到对自己工作能力、人生意义以及好人品的肯定，大明激动得落泪。

PPT 里播放了大明海外旅行的照片。大明曾有遗憾，本想带着妻子儿子一起出国转转，但如今再没机会成行。志愿者便将他们一家三口在国内的合影合成在国外风光照片中，犹如三口人一起在国外旅行。看到这里，大明特别欣慰，感谢安宁团队帮他弥补内心的遗憾。

大家环绕着病床，齐声唱起生日歌。烛光中，大明再度泪眼蒙眬。

大明是石油系统的人，他最爱唱的是《我为祖国献石油》。生日会大部分时间的背景音乐都是这首歌，这令大明动容。

在许愿、切蛋糕、送生日礼物的环节中，秦主任代表安宁团队送给大明一张生日贺卡和一束鲜花，贺卡上写满安宁团队成员的签名和祝福，由主任读给大明听；儿子送给爸爸的生日礼物是他画的一幅油画，海边的礁石落日，金灿灿的。大明抚摸着这幅画，心情久久不能平静。他用这幅画盖住自己的脸，再挪开时已经泪流满面。他含泪对妻子说："我要带着这幅画走！"妻子点头。

大明点燃蜡烛许愿后，妻子扶着他的手切了第一块蛋糕。他们夫妻俩把这第一块蛋糕送给安宁团队的秦主任，表达他们一家对安宁团队深深的感谢。之后妻子切了多块蛋糕，让儿子逐一送到安宁团队每个人面前。她对儿子说："安宁病房的医生、护士和志愿者为我们做了这么多，做得这么好，才让我们一家有机会给爸爸过这样有纪念意义的生日。你一定要记得，一定要谢谢大家。"大明的肠道已经堵塞，所以只能象征性地尝一点点蛋糕。

伴着《我为祖国献石油》的歌声，志愿者送给大明一本用幻灯片里照片集结成的相册——时光相册，里面有他们夫妻从恋爱到结婚、儿子降生、工作等的影像记录，以及一家三口的欧洲风光合成照片。大明很感动。

听个案组的老师说，生日会前大明就跟妻子沟通过，并做了充分心理准备；生日会给了大明很多惊喜与感动，让他觉得生日会之后自己人生没啥遗憾了。与妻子商量后，大明告诉医生，他准备好了。为了缓解癌症压迫气管导致的持续性严重呼吸困难，他选择使用连续药物镇静进入睡眠状态的方式度过最后几天，直到生命自然终结。

你看，面对即将到来的死亡，他可以这样从容淡定。尽管如此年轻便走向死亡令人惋惜，但他不逃避，并选择借助安宁病房的帮助，给自己一个善终。这就是具有生命成长能力的人，是可以为死亡做好准备的人。

生日会和安宁团队的指导与帮助，都是达成患者与家属生死两相安的重要环节。但这一切，如果没有患者和家属的认知同频，也不可能做到这么完美。

(6)伙伴的分享——来自心理师雁凌

不能拔掉的静脉留置针——生死之间的纠结

马爷爷85岁，曾是某大学的教授，现确诊癌症晚期。

到病房后，马爷爷明显比较焦虑，他说是身体的疼痛让他心烦上火。个案组成员雁凌第一次接触老人时，他提到了死亡话题，并希望自己快点走，只要没有痛苦就可以。但他在行为上却严厉拒绝了护士要拔除一直保留着的静脉留置针，且对此非常生气。

雁凌坐在马爷爷身边，轻轻抚触他疼痛的右肩、后背和腰部。老人自诉疼痛减轻，可以开始平躺。

爷爷有了些精神，在他愿意说的时候，雁凌便会安静地做一个倾听者，逐渐明白了他为什么不让护士小姐姐拔针。爷爷说，他认为留住套管针就是留住了自己的“生命线”，只要还可以输液，有治疗的方法，自己就有希望活下去。

你看，老人家会表现出一副“我没有什么负担，也没有什么放不下的，如果要离开，希望没有什么痛苦，只要平静一点、快一点就好”的样子，同时又会说自己心里有一堆火在烤，是因为烦躁，而烦躁的原因是不知道还有没有新的治疗手段可以帮助他继续活下去。

在生命末期，身体和心理远远比我们的头脑和意识更诚实。身体用不同的方式告诉患者他的生命即将结束，但意识却不肯放手，求生的意识是每一个人都无法放弃的。爷爷其实也在用一次次的表达让自己做好离开的准备。他不断呈现出期待治疗和准备离去两种想法，而离去的想法会随着现实中身体越来越虚弱而被放大，这也是在为最后的时刻做准备吧。

所以，即使知道生命无常，但接纳无常也需要时间。

回家——我要在家里离世

王爷爷性格开朗、兴趣广泛，非常愿意交谈。他自学中医，据说还治好了妻子的乳腺癌。

王爷爷来病房是为了处理他不能进食和疼痛的问题，但医院只能帮他缓解疼痛，却没办法解决他的进食难题。

我第二周见到他时，明显感觉他从内而外地虚弱。虽然还是很健谈，但他的声音小了很多。王爷爷想出院回家，他说回家可以尝试打开胃脉、守住元气；而护工说王爷爷是想要在家里等待离世。无论是什么原因，老人家现在的第一需求是回家。

平时很少见他的家人来照顾他。他的妻子没主见，要在家照顾孙子；儿子和儿媳妇因为不同意王爷爷回家的要求而不来见他。

回家，是每一位临终患者的基本诉求。要了解王爷爷的家人为什么不同意接他出院，还有很多需要沟通澄清的事。

于是安宁病房邀请他的儿子、儿媳妇、医生、护士，还有心理师一起开了一个家庭会议。在会议中，儿子和儿媳妇表达了自己的想法：其实他们是愿意老人回家的，但有几个问题不知道该如何解决：

首先，回家如何控制疼痛？病情变化如何处理？

其次，因为了解到病房的床位非常紧张，如果出院了，等需要入院的时候还能住进来吗？

再次，假如老人突然离世，家人如何判断他是否死亡？怎么联系殡仪馆？从哪里可以开去殡仪馆和后续各种手续所需要的死亡证明书？

最后，如何进行遗体处理？比如身体的清洁和更换衣物？

这些问题非常具体，同时也让我们明白了儿子和儿媳妇并不是真的不想让老人回家，而是担心回家后的一系列问题没有办法处理。

安宁团队是告知患者家属如何处理这些问题的专业团体，秦主任耐心讲解了后续可能发生的问题以及每个问题的具体处理方法。当家属得知问题都能解决，并且还会得到安宁团队的持续支持时，家属的焦虑便减轻了，也愿意满足王爷爷想要回家的愿望。最后，儿子回家说服了其他家人同意爷爷出院。

在临终末期，安宁的首要理念是把病人的需要放在第一位。团队最常说的是：我能为您做点什么？怎么能让您更加安心、舒服，我们就怎么做。

爷爷回家很有可能随时过世，但他回家是带着希望及家人对他最后的愿望的满足而去，内心应该充满喜悦。同时他也能体会到家人对自己的接纳和爱。与其带着失望和痛苦在医院离世，不如尊重他的愿望，心理和灵性的痛苦往往比身体的痛苦更加难以忍受。

爷爷几天后在家中离世，因为儿子和家人事先得到安宁团队的指导，所以后续丧葬事宜办理得非常顺利。

写到这里又想起了黄爷爷和王奶奶。

黄爷爷想回家的愿望到最后都没有得到满足，而当他知道这个结果不能改变时，他就拒绝说话，到死都不再说话，对周围的人也不再回应。那真的是非常无助与绝望吧。

而一直都想回家的王奶奶可以回去了，奶奶特别开心。虽然她都已经有些糊涂了，但只要说起回家，脸上的笑容便如孩童般快乐。

在安宁病房里，患者最多的愿望就是“不痛”和“回家”；家属则通常期望患者在最后的阶段不那么痛苦，舒服一点。

不痛是身体的需求，回家是内心的需求。

另记：关于在家离世，我们的路还很长。

就中国目前的状况来看，回家等待离世好像是一个非常奢侈且难以达成的事。除了王爷爷家人提出的问题外，还与我们对死亡的态度和观念有很大的关系。我们喜欢谈“生”，忌讳谈“死”。

安宁病房是朋友、家人最少来探视的地方。生病了去医院探视是祝您早日康复，那安宁病房呢？大家不知道如何去和患者交谈。如果说患者想回家，又会涉及太多问题。

有一次坐出租车和司机聊天，师傅说自己家老母亲就是在家里去世的，但邻居和家人都不同意。邻居觉得楼里死了人不吉利，有人甚至还说，这死过人的楼，卖房时价钱都会跌吧，房子跌价卖不出去咋办？家里人也会觉得这房子里死了人，活人还怎么住？老爸将来要续弦，人家能愿意住吗？要死的人还是得为活人考虑吧？

师傅说自己横了心：“谁家不死人？我就得让我妈满意了！我拎把菜刀站在门口，告诉他们谁拦着我和谁急。这才让我妈在家里安安静静地走了。”

新闻里也有邻居们不让20楼的住户用电梯运送死者下楼；小区业主反对在小区建老年照护中心；老人或其家人中如果没有一个有力量的决策者，那在面对回家问题时也很难达成共识。

我们常说“善始善终”，但如何善终，如何满足临终患者在自己家离世的愿望，还有很长的路要走，有很多的工作要做。

（以上为雁凌老师提供的案例与思考。）

写到这里我又想起一位朋友家里的经历。

据说朋友的婆婆病危住在医院。医生觉得在医院可以多维持几天生命，但老人已经处于生命的末期。婆婆希望回家，希望在更熟悉、更舒适的家里，在自己的床上和家人陪伴下走完人生。但当她提出要回家时，丈夫和子女却并未回应。

老人的身体日渐衰弱，她用“再不接我回家，就别再叫我妈”来强调她的心愿，于是儿女和父亲商量，但一家人依然没答应母亲的要求。

朋友作为儿媳妇，没有决定权，但她很希望能满足婆婆的心愿。但其他人认为在家里过世有很多现实的麻烦，就连公公也认为：谁不都是死在医院里的吗？大家不都是这么走的吗？医院对待这个过程肯定更有经验啊！

是社会对死亡的避讳、抵制，以及对老人在家离世的污名化（不吉利、活着的人会忌讳、房也不好卖了等）让家人忽视了临终之人的心愿，无奈地选择让老人在医院离世。

死在医院是不给家人和邻居添麻烦的天经地义的无奈选择，尽管它很冰冷。

想死在家里太难。说“谁不都是这样死（在医院）的”公公一定知道自己最后也会这样死，但他宁可孤独地死在医院，也不想给活着的家人惹麻烦，还理所应当地认为老伴儿也“该有这个觉悟”。

很多医生告诉患者家属，患者的疾病已不可逆，没有继续治疗的必要，不如接患者回家在熟悉的环境里、在家人的陪伴下好好离世，但很多家属一想到回家后可能遇到的各种困难，就坚决不肯离开医院。他们没能力应对把患者接回家、在家离世所产生的后果。这后果既包括王爷爷家属提出的问题，也包括出租车师傅遇到的问题。

如此多的案例，令人更多地思考现实与社会问题，公众对于死亡的观念应当改变。

在安宁病房，我学会敬畏每一个即将逝去的生命，从中学习并感悟生命的价值与意义，启发并疗愈自己的内心。

陪伴患者，实际上也是被患者陪伴。陪伴一位活明白了的末期患者，他的思考和他的态度都会促使我有所感悟。

这样生命唤醒生命般的学习与成长为我带来了更多提升内在自我的机会。慢慢地，我的心态变得更加平和、更加包容，也有了更多的自我审视与自省。

过去我总觉着自己是对的，老想纠正他人，还会因此与人产生矛盾和不愉快。现在，我学会更尊重他人，包括那些我曾经看不惯的生活方式，已能够与之和平共处，各自安好。每个人都是自己生命的主人，以怎样的方式生活都是他们自己的选择，只要他们快乐，我便尊重就好——对丈夫如此，对女儿如此，对他人亦如此。有这样的觉悟之后，就觉得平时的鸡毛蒜皮都不是事儿了、看谁都挺顺眼的了。内心自然也更祥和，笑容也更多了。伙伴们也发现我眼中可以流露出发自内心的温暖与爱意了。

当然，生死的思考，也促使我学会了如何活好当下、好好爱自己。一方面是需要我们自身好好爱自己，只有当爱溢出来时，才有能量去关爱他人，才能进入祥和稳定的状态。在陪伴患者时，让他们也可以感受到我们祥和的能量，从而让患者及其家人也变得祥和，进而让整个社会变得祥和。另一方面，只有好好爱自己，包括跟自己和解、接纳自己、做自己喜欢的事、爱护自己的身体，才有机会活成自己想要的样子。

作为临终关怀志愿者，看起来是去病房奉献爱心，其实收获最多的是自己。生命被滋养并获得成长，是我得到的福利，我很享受这个过程。

| 第七章 |

我的癌症复发了？

❶ 疫情期间发现异常

2019 年 12 月，我正忙着跟赖大叔穿梭在各个医院为医护和患者服务。

那一天，我出了地铁去北医六院，走得急，身上有汗，我用纸巾伸进领口擦汗，触碰到锁骨下方，感觉很疼，用手摸了一下，发现锁骨下方的骨头上有一块硬币大小的隆起。

我给当医生的家人发消息，问这种情况是不是需要约个检查？我担心是骨转移了。得到的回复是：“姑姑您太紧张了，您当初只是原位癌，在协和做的手术，不可能转移吧？”

我想大概是我小题大做了，应该没事，就先搁置了。

一个月之后，我服务结束坐地铁回家，一转身与一个急匆匆走过的人撞了一下，他的胳膊肘撞到了我做过乳腺癌手术的左胸，很疼。

1 月 23 日，左胸还是疼。我想着应该是前天撞了一下现在还没恢复？

1 月 24 日到 25 日在养老院陪伴父亲时，感觉大力呼吸时疼痛加剧。

1 月 25 日晚上竟然疼得睡不着觉，感觉皮肤下有些发烫，我给自己涂了一点精油轻轻按摩，缓解一些后继续睡觉。半夜又疼醒了，感觉疼到皮肤难以承受，似有滚烫的东西要喷薄而出。锁骨的凸起还在，碰着就疼，不碰无感；左侧腋下也很痛。我起身，变换体位，稍稍好转。

这么明确的乳房 + 腋下淋巴疼痛，我不得不想：自己的乳腺癌会不会复发了？如果真的是这样，那这个时间点太糟糕了——医院都封闭，什么时间能开门也不确定，没办法做检查，更没可能得到治疗……

一月底，我登录协和预约挂号系统的乳腺癌随访门诊，发现竟然有 2 月 4 日的号，便毫不犹豫地抢进去挂号了。好在还有不到十天就可以去医院了，这才稍稍安心了一些。

② 自救、住院治疗

疫情的风声越来越紧，全国的医院都去支援武汉了，北京的医院一直不接受患者看病。

不确定因素太多，我不能继续傻等着协和开门，我得看看如果真的不能去医院，我该怎么自救。

我先用妈妈之前用过的止痛药酒涂抹痛处，缓解不适。因为之前几次体检都说我是多发性乳腺结节，容易转化成肿瘤，所以在我乳腺癌手术后，曾经去北京瑶医医院开过散结化瘀的成药，这个或许也可以缓解我的疼痛。我打开抽屉，发现真的还有一些，其功能主治显示，不只是散结化瘀，还可以治疗乳腺癌，这算是一个令人安心的好消息。我开始服药，一周后，疼痛和局部发热的症状得到了缓解，看来我是对症用药了？

2 月 2 日，接到协和发来的通知，预约挂号被取消，协和继续封闭。幸亏我已经自己开始服药自救，傻等的话就惨了。但我手里的药只够半个月的量。我联系瑶医医院的谢医生，预约住院治疗，得到的回复是，院长带团队驰援武汉抗疫，医院也处于封闭状态不能住院。于是我继续服药，同时请谢医生帮我联系覃院长，看看能否帮我远程目诊，给一个针对我个体的方子。谢医生答应尽量协调，要我这几天保持 24 小时开机。

大约 2 月 10 日之后，覃院长在百忙之中为我视频目诊。他说，别紧张，情况还好，家里的药先吃着是对的，他会给我开汤药方子并交给谢医生；待到能住院时，住大约 20 天，进行口服 + 药浴 + 外敷 + 蟒针治疗，之后再继续服药就会有好转。

到 2 月 18 日，家里的药吃完了，不适症状也已经消失，我便也不着急了。

2 月 20 日，谢医生说北京瑶医医院开门了，可以来住院。我带着笔记本电脑和一些生活用品，即刻住进医院。疫情期间一个人一间病房，环境不错。

负责我的住院医生姓马，他来看过我，告诉我院长的药方已经给他了，今天下午我就可以开始服药。他和另一位医生对我的患处做了检查，两个人对看了一眼，然后对我说："先开始治疗吧，你之前自行用药的决定是对的。"于是当天下午我就开始治疗，之后每天喝药、外敷药泥、药汤泡浴及熏鼻；隔天针灸、穿经通髓理疗，治疗周期预计 20 天。

住院期间，覃院长以及支援团队从武汉凯旋，住在医院的单人间隔离观察。等到隔离期满，覃院长便到我房间查房，问我的身体感受如何，看我的眼睛进行目诊，并告诉我好好治疗，心态要好，问题不大。

治疗期间，我的身体完全没有不适的感觉。只是每天的时间被各种治疗排满，但我还要用一些额外的时间参加志愿者的网上学习、分享，和服务工作。

芳香呵护讲师班的课程改成了网课，期间有我们每个人作为未来讲师的教学实践课。网课就要自己做 PPT，在电脑前用会议软件上课。我上课的时候，伙伴们发现我所在的环境是病房，询问后得知我因疑似乳腺癌反复而正在住院。

大叔建议伙伴们一起为我做一次远程祝福传递。大叔说："我们有这个愿望，但也要尊重你的意见，由你决定。"我虽然有疑问，但在好奇与求知欲的驱使下，接受了大家的善意。

大叔让我们全体先做一下静心，然后再开始远程祝福。伴随着音乐和大叔的语音引导，我们集体进入了冥想状态。

几分钟后，我忽然感觉周身发热，脸也烫了（他们说红了）起来，就是那种腾地一下热起来的感觉。我感到身体内热浪翻涌，向上冲至头部，体内奔涌的热量从每个毛孔喷薄而出，头部的感觉尤为明显。我有些意外和紧张，睁开眼看到屏幕里的大叔，他给了我一个“放心，继续”的眼神，我便放松下来，继续闭上眼睛感受自己的身体，让自己慢慢地放松下来，感受身体的每一寸肌肤、每一根神经、每一个细胞……

音乐和语音引导结束后，我们做了三次深呼吸，完成这次远程祝福。线上的ZOOM会议室里一下热闹起来，伙伴特别兴奋地告诉我，她们眼看着我在屏幕里脸慢慢变红了，以及她们的感受。

伙伴们给我的爱，我满满地都收到了，一点也没浪费，我对大家表示感谢。这是一次美好而神奇的体验，我对此心存敬畏。

❸ 去医院复查——被“判”晚期乳腺癌

从瑶医医院出院前，北京协和医院也开始对外放号了，我挂了三月中旬的乳腺癌随访号。

自疫情发生以来，我第一次进入协和乳腺外科随访门诊。与以往不同，患者不是坐在诊室里，而是坐在诊室门口、面朝诊室；医生全副武装地穿着防护服、戴着防护镜和手套，远远地坐在桌子后，遥望诊病。

我说明了我的情况，说了当初发热与疼痛的症状，以及刚刚接受过20天的治疗。医生起身走近看了看，又返回到座位上，给我开了各种检查单子：胸片、超声、骨扫描、癌胚抗原……

我在取化验单的时候才发现，医生开的单子上赫然写着——诊断：晚期乳腺癌。

与之相应，我的癌胚抗原结果是30.4（正常值0—5），2019年6月复查时数值还是很正常的4.9；骨扫描结果提示：左侧第1、2前肋所见异常，性质待定，建议随诊。这就是我锁骨下那个隆起的痛点。

我怎么就成了乳腺癌晚期呢？有点意外，又有些不甘心，因为我刚结束了20天的治疗，自己身体的感受也还挺好。那边才刚刚出院，这边又“判”我进入晚期，我感到有些无奈。

医生说，可以做进一步的检查，比如对锁骨隆起部分做穿刺等来进行确认。但确认了又如何呢？难道锯锁骨吗？如果再转移呢？如果真的是到了晚期，西医没什么办法，我也不会再让自己的身体被穿刺、放疗、锯断骨头，不会让自己经受这些摧残之后再死去。更何况，我现在自我感觉还不错，不想作死。

我换了另一家医院咨询，肿瘤科主任根据协和的数据，也说疑似有转移，可做进一步检查。但我不想再做进一步的检查来刺激身体中可能本就不佳的组织。我心想：爱谁谁，我就继续喝民族医药的药汤，至少是无创治疗，是我想要的。

被“判”晚期乳腺癌，无论真假，我都要接受死亡可能即将到来的现实，并应该为此做点准备。

④ 为死亡做点准备

（1）遗书

首先，我写了一封遗书。

写的时候才发现，遗书还挺难写，关键是我没啥可写，也没啥可嘱咐的。老公和女儿都能按照自己喜欢的方式生活就挺好，我对他们也没什么不放心的。我家的钱都在先生手里理财，我自己也没有值得交代的“小金库”。至于先生今后的生活和女儿自己的人生？他们都是成年人了，无忧无虑快乐地活成自己想要的样子就好，不需要我的期许给他们增添心理负担。

于是，我的遗书就直接写成了“四道人生”的样子：

我告诉他们我爱他们，感恩在茫茫人海中与他们相遇。感恩我有一个这么好的女儿，而我却不是一个称职的母亲，我那明明很不自信却表现得自以为是的模样给他们带来了很多烦恼，请他们原谅曾经的我，并感谢他们对我的包容。

在得知我癌症反复之后，父女俩对我都很关心。我也跟他们直接聊过我要为死亡做准备和写遗书这件事，他们表示支持我做任何想做的事情。

于是，遗书写好之后，我给他们俩分别发了电子版。

他们的回复分别是：收到；ok。

很平静，很淡然。

（2）断舍离

我想到妈妈离世后，给她收拾东西时的苦恼：除了一些我们从小看到的有“家”的纪念意义的物品值得保留外，妈妈遗物中的大部分都是对她自己而言有用、有意义，而对我却没有意义的东西，继续保存在家里没地方放，扔了又可惜，所以整理的时候让我很为难。

我不想自己离开这个世界后，也给家人留下那么多纠结。我要提前整理自己的物品，断舍离。

于是我开始在家进行大整理。

再看一遍曾经的日记、教案、笔记，还有往来的卡片，重温曾经的美好，然后扔掉。如果不翻开看看，即使认为珍贵，却可能一辈子也不会再回想起来。所以这个过程虽然很耗时，但也是人生回忆的一部分，是一段美好的时光。

作为服装设计师，我收藏过一些自己喜欢的款式的服装，自产或外购的都有。我将其整理出来，或送朋友或捐赠。

看过的书与其摆在书架上做装饰，不如分享给他人。我整理了两大箱子，分别送给朋友和朋友的孩子。还有一些专业的书，原本拍了照片想放到闲鱼，但又觉得麻烦，能送的也尽量送出去了，只留两本自己需要继续学习的即可。

我家的和父母家的那么多影集，占用很多空间，却又没人想起来看。我便买了一台打印扫描一体机，将纸质照片扫描成电子版后分享给家人、亲戚。纸质照片的原片送给了需要的亲戚，空出来的影集也送人了。这样做还有个好处，就是老照片拍一次洗出来只有三张，经历各种动荡后家族里可能只剩下一张，但妈妈和兄弟姐妹共五个家庭，电子版可以弥补这个不足。当我把扫成电子版的照片分享给其他家庭时，长辈和晚辈们都很惊讶，我们一起分享家族的故事、重温过去的美好。这件事特别温暖，能够连接人心。

我还顺便让父亲把他放在我家的国画、书法、篆刻类的书籍挑选一部分带到养老院，我和哥哥再留几本做纪念，剩下的都捐给养老院。

父母的日记暂时收藏在父亲的房间。

此外，我还要从此控制购物。除了日常生活必需品——主要是食品外，尽可能不再往家里买东西。当然，关于生死学的书我还是会买，一部分看过之后直接分享给志愿者伙伴们，另一部分留在手里，最后也会捐给安宁病房志愿者团队。

断舍离本身也是把家里整个翻一遍，做一次大清理，几乎腾出了一间房的空间。

（3）跟先生谈话，从此活成自己想要的样子

我跟丈夫说，我想跟他好好谈一次。

我们面对面坐着，我说："医生说我是复发，还说我是晚期，但我现在没什么不适的感觉。在我接近死亡之际、在我

还能自主行走的时候、在我剩下的有限生命中，我希望从此以后，按照自己的意愿活着，并得到你的支持。”

我接着说道：“首先，我们结婚以来，我一直在为丈夫、孩子、父母活着，忽略了自己，心中充满遗憾。我有很多爱好和喜欢做的事被压抑，不懂得要先爱自己才能爱他人，也不懂要为自己好好生活这个道理。但我现在想做出改变。所以我想在剩下的有限的生命中，呵护、弥补自己，活成自己想要的样子，做自己喜欢做的事，比如旅行、摄影、航拍、玩植物染、做安宁志愿者等等。”

丈夫表示同意，支持我做自己喜欢的事，只要别累到自己。

“另外，在结婚三十多年的时间里，都是我做饭、收拾屋子、伺候你和孩子；现在我生病了，我需要用有限的时间尽可能多地做自己喜欢的事。所以从今往后，你来买菜做饭、收拾屋子。”

他也痛快地同意了。

我问：“无论我是还能活三个月、半年、一年，或者三年、三十年，都可以吗？”

他说可以。

我很意外，没想到这件事会这么顺利。因为丈夫是朝鲜族，典型的大男子主义，一直认为买菜做饭、收拾屋子是女人的事情。结婚后我们为此闹过不少矛盾。直到婆婆来我家批评了他，他才开始刷碗；我腰椎间盘突出后，他才开始扫地、擦地。

买菜做饭这种事他之前也是不做的，我生孩子坐月子时，他做了一个月的饭，满月当天就跟我交班了。而这次居然这么痛快！是因为我生病吗？早知道如此，三年以前我刚刚生病的时候就该提这个要求！当时怎么没想起试试呢？我这个傻子！

从此，我就过上了饭来张口的生活。我不挑食，他做什么我都吃，鼓励他继续努力。无论他做得如何，只要是用心做的，就都是我的美味。

一日三餐及更多家务的解放，为我腾出很多时间，可以把精力放在学习、旅行，和其他让自己开心的事情上。那段时间的学习任务很多：安宁疗护的学习与交流、摄影后期的学习、摄影跟团实践……

2020 年到 2021 年，我用一年时间学习健康管理，并顺利通过考试，成为一名健康管理师，在满是年轻人的考场里我是年纪最大的学员。

健康管理师考证完全是个意外。一个很要好的大学同学有段时间很忙，我问她在忙啥，她说在考健康管理师，要拉着我一起考。当时我想着一来我做安宁疗护或许用得上，二来是想试试看，如果六十多岁还能跟年轻人一起考试，是不是说明自己还不老呢？于是我就报名了。

一年后考试，我同学没能通过，我却通过了。这件事给了我鼓励——通过率不足三分之一的考试，我考过了，说明我的脑子还够用，我还有学习专业课的能力。而且这期间我照常参加安宁缓和的志愿者服务，主要是海淀医院和协和医院的。

志愿者服务有时会消耗些体力，我先生担心我受累。我告诉他，这是我喜欢做的事，也是在通过服务、感悟，为自己做准备。另外，团队伙伴都很关照我，每次服务结束之后，只要大叔在，就都会带其他伙伴给我做一次放松、呵护。他说："只要你开心就好。"

我真的很开心。

跟先生谈过之后，他更注重依据我是否开心来决定是否支持我做什么，而不是如以前那样，以他所以为的为我好为由而百般阻止我。

我还跟他谈了我在生命末期的相关事项：如果在最后的日子里我的身体不痛苦，我想在家里离开这个世界，在我熟悉的环境中离开；如果我身体不适或者出现了在家里不能解决的状况时，要送我去我服务的海医安宁病房，在那里我的不适会得到缓解，还有安宁团队伙伴的温暖陪伴，我会走得很安详。

好啦，现在我觉得，初期该做的准备都做好了。接下来就是向死而生，快乐地过好剩下的每一天！

之后，我们去威海住了一段时间，还去了国内一些地方旅行。无论去哪里，我都带着熬好封装的汤药，并且每一两个月回京做一次癌胚抗原。

我本已为死亡做好了准备，但是病情却出现了逆转。

良好的心态，加上积极的民族医药治疗，癌胚抗原的数值从出院后的 30.4 逐月下降到 21.9、11.6，到 6 月 16 日为 4.7——药物控制下达到正常值。在用药半年后的九月，我停止服药，开启了正常生活的模式。

| 第八章 |

好好爱自己

在不知道自己的生命还剩多长时间，还要月月查指标的那段时间，内心还是会有些波动的。但我决定在剩下的时光里，要充分而尽兴地活着。首先是尽可能地呵护自己的身心，好好治疗。然后是做自己想做的事，把剩下的生命活得更加充实，不愧对这段时光。

❶ 心理层面的滋养——自我疗愈

王扬老师的生死教育课和心理课让我特别受用，就是那种说到自己心坎儿里的心理学指导，为啥我没早点听到这样的课程呢？在曾经浑浑噩噩度过的人生中，那些令我困惑、无奈、无助的事情，在课程中都可以找到现象背后的心理学解释，并获得修复的方法。

而面对即将到来的死亡，我觉得自己需要补补课，修复自己内心的伤痕，才能以最好的状态给自己的生命历程画上一个完美的句号。

是的，我想从现在开始，让我的人生尽可能更完美。

实际上，每个人都在内心深处有个受伤的孩子需要被看见、被呵护。我们只有先照顾好自己的情绪，才能照顾好他人。就如秦主任所说：“你不可能把自己内心没有的、匮乏的东西给到他人。”不能跟自己和解、不能好好爱自己，就很难给别人温暖与爱。

王扬老师对我的指导，把我从对母亲深深的愧疚中拯救出来，让我走出哀伤并与自己和解。而秦主任的教诲则令我茅塞顿开，从此引发了我对生命、如何活好当下、如何爱自己等诸多问题的思考，更激发了我对心理学学习与应用实践的渴望。我还用学来的知识，现学现卖地帮助朋友走出哀伤。

海医安宁推出生死教育系列课程的本意是为了让志愿者以更好的心理状态为患者服务。

但学员却得到很多额外的收获：疗愈自己的内心、疗愈身边的人；甚至影响此后的人生——对我而言就是这样的。

网络平台的有声书也是我学习的课堂。《爱·种子》读书会组织的线上心理学课程让我明白：每个人的内心都有一个受伤的孩子需要被爱，而向外求索只会令自己失望，令身边的亲人倍感压力、避之不及，因为他们的内心也有个小孩渴望被爱、被看到，且还不知如何自处。所以，我们应该把向外求爱改为向内求，好好爱自己，才是最好的选择。

让你内心受伤的这个孩子坐在你的腿上，安抚她、呵护她、跟她对话，用爱修复她所受的伤害——用爱疗愈自己。

当自己被爱充盈而不再一味索取时，身边的人才不会感到压力，才愿意与你亲近。

网上还有很多对内在成长有帮助的有声书，我常在散步时或睡前听，以此滋养内心。

我还尝试参与体验式心理课的学习：芳香呵护讲师班一位高姓同学报名参加了心理学著作《潜意识之门》的作者与国内心理师共同组织的系列网课，但她因自己的时间错不开，将这个试听课机会送给了我。正是这堂课，让儿时遭受过心灵创伤的我与父母和解。

课上，老师带领我们进入冥想状态，用潜意识去想象母亲和自己在一起的画面。我脑海中闪现的画面是小小的我，大约五六岁，站在妈妈身侧想去拉妈妈的手，告诉她我想做个好孩子让她喜欢我，却被妈妈用力甩开了。那一刻，我泪如泉涌、泣不成声。我哭了很久，哭到大脑缺氧，感觉特别委屈。

老师让我们深呼吸，她缓缓地讲述："我们的妈妈并不完美，她给我们带来过伤害，这个伤害深埋在我们内心。但是，妈妈不是故意的。在她成长的年代，可能也没有人给过她温暖和爱，所以她也不知道该怎样给孩子爱；可能她以为她的做法是爱你、鞭策你，而不是伤害你；可能她自己也还年轻，不懂得怎样跟自己的孩子相处；可能她自己内心也有需要被疗愈的创伤……如果，你看到的妈妈也是个内心受伤而无助的小孩，你还会埋怨她吗？你会不会试着理解她，想去抱抱她？"

我想了很久，内心对妈妈的哀怨慢慢变淡了。

当我用潜意识看父亲时，我看到的是自己小时候生病趴在父亲背上，他温和地说："你快好起来，我给你买槽子糕吃。"而我希望自己多生几次病，多些机会享受被爸爸背着、让爸爸买槽子糕给我吃的感觉。

怎么会这样？我小时候明明经常被父亲像拎小鸡一般拎起来就打，左邻右舍都知道我爸经常打我。我曾经恨这样的爸爸，想着等我长大了一定要离家出走、离他远远的。我内心应该是满满的委屈和恨才对吧？我一直认为我在父亲这里受到的伤害远远超过母亲带给我的。这不科学！难道是被打多、打皮实了，已经无感了？父亲对我难得一次的温柔反而却被我深深地记住了？

后来我想，可能是因为父亲虽然打我，但从不在言语上伤害我。我很淘很淘，他总是因为我闯了祸，恨铁不成钢地打我，但从没说过挖苦、讽刺、嫌弃我的话。我怕他的拳头，但不怕他说出的话。而妈妈不同，妈妈嫌我不够聪明，给她丢脸。妈妈经常说："我怎么就生了你这么一个不争气的孩子！"我又特别希望妈妈能像爱哥哥那样爱我，更渴望得到妈妈的认可和呵护，所以我对妈妈会察言观色、会讨好、会更在乎她对我的态度。所以妈妈的言语、语调中包含的嫌弃和讽刺，对我的伤害更大。

甚至有一次因为我带着楼道里的孩子偷了孙姥姥家的冻豆包而被举报，妈妈觉得我丢尽了她的脸面，为了吓唬我，她扔给我一根绳子说："再这么能闯祸，你就自己找棵歪脖子树吊死算了。"为这件事，姥姥训了妈妈，说她扔根绳子吓唬孩子太过分了。

这件事的确深深地伤到了我，之后我想过好几次：我死了妈妈会不会就开心了？如果需要自杀，怎样死才不会疼？甚至还想过以什么方式死，才能不令妈妈觉得难堪、丢脸。比如，我可以骑自行车从高坡冲下来，被公路上的汽车撞倒，或者去南湖游泳（我不会游泳）……

现在想来，妈妈只是想吓唬我，让我别再淘气，但我想得太多，甚至背负了一辈子她对我的嫌弃，几乎用自己的一生来讨好母亲。

所以对孩子而言，言语的伤害远远大过身体的伤害。

这件事也令我反思，自己是不是也对女儿造成过伤害。我小时候总挨打，就发誓自己长大以后一定不打孩子。女儿从小到大我只打过一次，没想到这竟成为我们母女产生间隙的根源。我对女儿也有过玩笑中的讽刺挖苦，这会不会也令她很受伤？

下面讲讲女儿小时候的故事：

生了女儿之后，她太可爱、太好玩儿了，我也像个孩子一样跟女儿互动，我们很欢乐。女儿很少会哭，为了拍一张她哭的照片，甚至还得吓唬她才拍得到。

因为女儿特别可爱，在那个计划生育的年代，我曾经梦想过如果能放开生育，我要生五个孩子——我做孩子王，带一群娃，个子从高到低，跟她们一起疯，多威武！

女儿六岁时自己进考场，顺利通过了小学入学考试。面试老师说这小丫头真不错，不怯场、很阳光。她平时自由自在惯了，上学后发现她特别慢性、贪玩儿，不好好听课。她的注意力都在与学习无关的事情上，比如班里表演节目，这个六岁的小女孩儿自己报了十多个节目，老师“砍”掉一些，她还觉得委屈。

开学没多久，老师就抱怨说：“你家孩子没长耳朵，无论老师怎么说，她都自己该干啥干啥，根本不理。手里拿一块橡皮能玩儿一堂课。该背手端正坐姿的时候，她懒散地侧坐在板凳上，东张西望地看热闹。”老师没办法，把她调到第一排，看着她、随时纠正她。

但是写作业就得家长看着了。在家里，我用了各种手段。我陪着她写，她说：“妈妈你去做饭吧，我饿了。”然后我做饭的那段时间她都在玩儿。我买个沙漏，女儿很喜欢，我说：“你在这个沙漏漏完之前写完这一页。”一开始还可以，写作业是跟沙漏比赛的一部分，好玩儿，几天后新鲜劲儿过了，她又变回一副慢悠悠的样子。她甚至可以手里啥也没有，天马行空地自己跟自己玩儿。我尝试坚决不离开地坐在她身边看着她、催促她，她就泪汪汪地说：“妈妈你别看着我，一紧张我就更不会写了。”

我给她讲大道理，告诉她只有好好学习，长大了才能上个好大学，找个好工作。她竟然听着就睡着了。我说好好学习、好好写作业才能得到老师的表扬，姥姥才会夸你是她的好宝贝。她就用特别纯净发光的小眼睛看着我说："姥姥可真幸福啊，都不用上学，不用写作业，只是跟我玩就可以。妈妈，我什么时候能退休呢？"我很无语！感觉特别挫败。那个年代没有互联网，没人告诉我该怎样做。

自从她上学之后，我就总有种力不从心的感觉。我每天上午要去学校上四节高数课，晚上要批改作业、写教案，不可能时刻盯着她。我跟她说："你跟妈妈比赛，看看谁先做完。"这个见效了一段时间，但通常也是她问我："妈妈你还要多久写完教案啊？"我告诉她一个大概时间，她就会在最后一刻才勉强完成作业。

我担心像她这样，小学一年级就留级该怎么办。于是开始从考试上督促她："涵涵，你们班 35 个同学，你这次才考第 28 名。咱们争口气，下个单元的考试提升一下名次，不然小朋友会笑话你的。"她问我："妈妈，我是最后一名吗？"我说不是，但离得不远了。她满不在乎。

下个单元的考试发了卷子，她举在手里超级兴奋地跑到我身边："妈妈！妈妈！你看，这次我的成绩提高啦！"我一看，是第 31 名！我无语："涵涵，你这是成绩下降了 3 个名次啊！"她很无辜地掰着手指看着我说："妈妈你好好算算啊，31 是不是比 28 大呀！"

这就是我女儿在一年级时超级傻萌的样子。

这个除了写作业之外，哪哪儿都令我很喜爱的女儿，我是不太愿意打压她的天性的。我甚至还问过她："老师说你上课不听她的话，自己天马行空，你都想的啥？"她给我讲了很多有意思的画面，天上的、地下的。比如将花橡皮里的世界延展成动画片，编出的故事情节；比如铅笔上的那个贴纸长成大树；比如我们家的房子如果长了轮子，就可以直接从天津去长春姥姥家串门儿。这些都跟学习无关，但看得出她的想象力真的很丰富。

有一天她被老师留校了，因为汉语拼音背不下来。老师让她在关了灯的教室里背拼音，她背一会儿，老师考她一次。不合格就在老师办公室有灯的地方看一遍，再回没开灯的教室继续背，再考还不合格，再回去背。我去接她时，她惊恐得泪汪汪的小模样让我心疼，她说："妈妈，我不是故意不背，是因为太丢脸，我忍不住哭了，然后眼泪流得太多，我看不清课本，所以才背不下来。妈妈，我想背，怎么也背不会，我都快气死了……"

"好吧。"老师说，"今天回家继续背，明天上学来考试！别的孩子课堂上就会背了，你家女儿上课就玩儿，不长耳朵、不听话。才上一年级就这么多毛病，不改可来不及了！如果一年级就留级的话孩子就毁了！你也是当老师的，得对孩子严厉一些。"

回到家，我让孩子吃完饭，再活动活动消消食，然后说："我们来背拼音吧！"开始我还是很耐心地帮她背拼音的，但她却觉得回到家她就逃出虎口解放了，又没心没肺地玩儿了起来。我说："涵涵，是不是妈妈只有打你一顿，你才能重视学习这件事呢？"

从来没挨过打的女儿觉得不可思议，也觉得不可能，嬉皮笑脸地叫我"妈妈"。我说："我决定打你一顿，让你印象深刻，不改掉你的毛病就是害了你。"女儿盯着我说："妈……妈……！"她满脸的困惑，心想跟她一起玩儿的妈妈怎么会打她？场面很尴尬——我不知道该怎么打她，可是话已经说出去了，不打一顿她今后更是天不怕地不怕了，必须得打。我把她翻个身按在床边打她屁股。打得挺疼的吧？她竟然不哭，转过身看着我的眼睛，然后移开身体该干嘛干嘛。

这是我第一次打她，但我看着她满不在乎的样子，心想是不是打了也白打？于是我又把她拎过来打了一顿屁股，这次她哭了，哭得很伤心，我也哭了。我抱着她跟她说："妈妈打你是想让你记住，不好好学习、不听老师话，就可能挨打。为了不再挨打，从现在开始好好学习好不好？"

晚上我不批作业了，也不让她睡觉，陪着她背拼音字母。直到她背对了、我说"可以了"的那一瞬间，她直接闭眼睛就睡着了。从此以后，她的作业还是会拖延到最后一刻，但是可以完成了。女儿恢复到没心没肺、无忧无虑的模样，我也又变回宠爱女儿的妈妈。

我以为这件事就算过去了。结果在她上初中后，有一次学校布置写作文《我眼中的妈妈》，她把这段挨打、不让她睡觉、逼她背拼音的经历写进了作文里。她笔下的妈妈打了她，还逼她背拼音字母，她已经困得就快睡着的时候，眼前晃动的还是妈妈喋喋不休的嘴。她想起妈妈，就会想到这个画面。

这篇作文，是我参加她家长会的过程中，全年级孩子的家长都收到的一份复印的学生作文，包括我。尽管没署名，但看故事情节也知道是我女儿的作文。家长会上，很多家长看过作文后都会很诧异，议论道：

“谁的家长这么虐待孩子？写出来的是这些，没写出来的虐待还有多少？”

“你们知道写作文的孩子和家长是谁吗？”

“要不要报警？”

“报什么警？人家妈妈不就是逼着她写作业、打屁股了吗？”

“学校把这个印出来是啥意思？不像是范文啊？”

“这孩子就是被打得少了才这么矫情，我家孩子要是敢这么写，我打死他！”

我女儿也很意外。我问她是怎么回事，她说：“老师说不要写得很平淡，可以写你内心印象最深刻的事情，比如你受委屈或者跟父母的矛盾……”

周围还是议论纷纷，有家长很好奇这作文里的家长是谁，他们起身去问老师。面对家长们的询问，班主任眼神躲闪地转向我。

我站起来说：“我就是这里写的妈妈。这是她刚上小学、还没养成好的学习习惯时发生的事。那是我第一次打我女儿，可能给她留下的印象太深了。班主任引导孩子写受过的委屈，她就写了这一段。但平时我们母女感情很好，没什么问题。”女儿不说话，她应该也感到难堪，她不觉得写作文有错，只是对作文被公开感到很意外。

我不知道班主任把这份作文分发给其他家长是什么目的，也不知道这份作文除了用母女矛盾吸引眼球外还有什么价值。但的确，我们母女因此有隔阂了。平时我俩是无话不说、像朋友般亲密的。我甚至嫌女儿缠人、话多影响我做事，还会问她：

“宝贝你说这么多话累不累啊？”

“不累啊！”

“可是我听累了咋办呢？要不要安静一会儿？”

但在这篇作文之后，她就不来缠着我说啊说了。我们母女被班主任摆成了对立的双方，叛逆期的初中生认为老师说的是对的，觉得跟这样的妈妈做斗争是维权。我跟她说话经常被她漠视，或者被她用老师的观点回怼。那段时间我成了必须被批判的母亲，事情有点难办。

班主任的行为令我反感，但考虑女儿还得上学，就没继续找班主任争论，而是想跟女儿好好聊聊。

一天，我开车带女儿去了郊区，下车后坐在草地上聊天。我们从母女曾经亲密美好的关系开始，聊到如今我们彼此内心的距离，这是我们希望看到的吗？聊我来到北京从头开始的艰辛，对女儿的关注不够，我也第一次做母亲，没经验，希望女儿给我学习和成长的机会，而不是听别人怎么说，然后跟自己的亲妈叫板。我说我的委屈，她说她的委屈，我们都哭了。然后我们说好回去以后好好相处。

在那之后，我们的关系的确好了很多，但却也回不到从前的亲密程度了。

初三开始，女儿在班里被班主任打击。中考在即，老师劝我女儿不必参加班里的中考复习课，认为她根本考不上高中，占名额考不上会拖这个班级的后腿。老师说："你手巧，会手工，跟你家长说直接考个职高技校啥的就可以了。"这个老师再一次刷新了我对这个学校老师的认知，我不明白一个老师怎么可以这样打击自己的学生。

女儿备受打击，变得很不自信。她跟我说："妈妈我不想去职高，我想读高中，然后上大学。要不然我留级一年，明年再考个好高中？"我说："动不动就打击你的这种老师，你难道不想离开他吗？他不让你参加复习，你偏参加！咱努努力考上一个好高中，才能脱离这个学校、这个老师。"

中考报名，女儿很自卑、很紧张。我建议报北京八中，她不敢，激励半天才同意报北京 161 中学。结果后来成绩下来 612 分，超过录取线很多，上北京八中都够了。女儿和我都松了口气。我们很开心，我为女儿的出色表现而骄傲。

开学之前的暑假，我们去北京 161 中学认门。门卫一开始不让进，忽然他问我们家孩子成绩是多少。我报了成绩后，门卫大爷一听便高兴了，他说："嘿！这孩子成绩这么好啊！必须让你们进来看看！"然后特别开心地打开校门让我们进校园参观。北京161中学的前身是北京女一中，位于故宫、北海、中山公园附近的仿古建筑中。一进校园，我们都被隐映在古树下的老北京皇城风的校舍吸引了。女儿很开心能在这样的校园中读书。

孩子成长阶段的每个老师都很重要，女儿初中的班主任给她带来了负面影响，也让我有了一层心理阴影。我特别痛心女儿遭遇这样的老师，让我们的母女关系、孩子的自信心都受到了伤害。

我想，咱们的中小学老师是不是应该深入学习心理学，以平和、接纳、没有分别心的心态，和良好的职业操守从事教师这个职业？

我反思到自己可能给女儿带来过伤害，便给在日本工作生活的女儿发消息说，我在上心理学的课程，在学习中有所反省，想了解我当初是不是给幼小的她带来过伤害。女儿打开话匣子，说了很多对我的不满，以及我做过哪些令她很受伤的事。我不做辩解，让她尽情地发泄，只是疑惑为什么她说的很多事我完全没有印象呢？而这都是我在不知不觉中带给她的伤害……我显然不是一个合格的妈妈。

这一刻，我突然特别理解我和我妈妈的关系：妈妈是爱我的，但却不知道自己的言语在无意中伤到了我。

我对女儿表达了歉意，并告诉她我也需要学习成长，也正在努力改变，希望以后可以不再让她失望。女儿对我颠覆性的变化很意外，也很开心。我以前常以母亲的威严强词夺理，以为这才是家长的样子，甚至干涉过她的恋爱。我们之间出现过一些问题，尽管我以为我跟女儿的关系已经很开放。

如今，我们保持着那种心平气和的朋友般的交流，感觉轻松多了。她也鼓励我好好治病、好好生活。

不久之后的母亲节，女儿托她在北京的同学给我闪送了一束鲜花，里面有一段文字：

妈妈，

祝你母亲节快乐！

这几年世界发生了很大变化，我们不知道今后会发生什么事，不论是妈妈、我、还是这个世界，都是这样。但我会勇敢，不管发生什么我都会有勇气去做自己，希望妈妈也要勇敢。

我虽然不在你身边，但现在是一个网络如此发达的时代，有什么事都可以及时商量。

我会一直支持你，我为你感到骄傲！

最令我感动的是最后一句话：我为你感到骄傲。

从她那篇作文令我们产生嫌隙后，女儿对我这个妈妈一直颇有微词，我也不知该如何弥补我们之间的裂痕。是女儿的“我为你感到骄傲”这一句话，消融了我心中所有对母女关系的不安。

听心理学课，跟父母对话修复创伤，同时也修复了我和女儿的关系，改善了我和先生的关系。

在课上，我按照老师指导的方式，指着假想的他以任意形式发泄自己的委屈及他给我带来的伤害时（仅限于夫妻二人之间，不涉及彼此背后家庭），我发现，他总是不好好跟我说话这一点，就曾令我感到愤怒和伤心、忍无可忍，几次想离开他。

先生是生活在内蒙古兴安盟的朝鲜族，我们是大学同学、同桌。他身高只有 170 厘米，长得很一般，比我小两岁。这些因素让我们看起来很难走到一起，但我们却最终成为夫妻。

其中的插曲是：我们都是 1977 年参加高考的大学生，东北师范大学数学系 77 级 4 班。开学后我得知，班里很多女生坚持到高考都没嫁人，是因为想在大学同学里找对象。在 77 级，我是班里年龄小的，长得还水嫩，比较吸引眼球。当时的党小组组长朱姐找我谈话："小徐舒，你年轻漂亮，别跟咱班男生走得太近，得给姐姐们留一些机会……"我很理解姐姐们的心情，为此，我总是一个人坐在班里最后一排。当时班里有男生主动拿我的坐垫帮我在大课教室占位置，我都会毫不领情地把坐垫从教室前排最佳位置拎到最后一排，一个人找个角落坐下听课，几次之后就没人帮我占座了。

我先生比正常时间晚很久才入学，进到教室发现前面的座位都有人，他走到最后一排问我："这里可以坐吗？"我觉得他形象太一般，没可能被姐姐们选中，也不可能被我选中，便没拒绝。即使这样，我之后还是跑去问了朱姐姐："新来的那个男生坐在我旁边可以不？"朱姐姐说："哎呀你看你，那啥，没事儿，坐呗！"

就这样，我俩成了同桌。大学的桌椅是一个长条，可以挨着坐四个人。我俩之间的距离足够宽，各自安好。

后来我们俩都进了校体育队，他是 110 米栏运动员，我是 400、800、1500 米运动员。我们一起代表东北师范大学参加吉林省大专运动会，也因而逐渐变成无话不说的朋友。

每年返校他从老家回来时，总会给我们几个要好的同学带他母亲做的牛肉辣酱，特别好吃。这美味甚至成为我们每个假期的期盼。平时赶上节假日我也会请这几位要好的外地同学来我家吃饭聚会。他们分别是来自内蒙古兴安盟的我同桌；来自新疆的宋燕平，也是 110 米栏运动员；还有同样来自新疆的郭晓峰，是哥哥的同学；来自延边的李忠一，他唱歌很好，手风琴也拉得好，是我参加校歌咏比赛时的伴奏，他也是哥哥的同学。（对，我妈安排我和我哥都报考了她就读过的东北师大数学系，哥哥在三班，我在四班。）

妈妈很心疼这些远离家乡的年轻人，希望他们即使身在异乡，也能在节假日感受到家一般的温暖。有了这样温暖的相聚，我们这些同学之间更亲近了。

大三的一次假期结束后，"同桌"返校回来给我讲家里安排相亲的尴尬场面；我也讲了我的相亲经历，长辈让两个互相不认识的男女同处一室，相互沟通，结果那个男生一句完整的话都说不出来。我开玩笑说："怎么能把两个互不认识的人硬捏到一起？要是像咱俩这么熟的处对象还差不多。"然后我俩对视一下，都愣住了。他说："你这是开玩笑，怎么可能？！"我有点较劲地说："哈！好像也不是绝对不行啊，要不咱俩试试？咱们考虑三天再做决定。"

结果第二天一早，他一见到我就说他愿意！我立马就后悔了，因为他不够帅（我曾经想找个像父亲那么高、那么帅的），而且字写得太难看，我姥姥说过字如其人。他辩解说他小学读的是朝鲜语学校，汉字写得不好情有可原。但他个子矮和朝鲜族这两条是过不了我妈那关的。可那个年代的人，话都说出去了，不好意思反悔，就认了。

按说我们也算是自由恋爱，恋爱时他对我很好。他是我们班里年龄最小的，却比我成熟稳重，外号"小大人儿"。后来我父母非常不同意，我依然顶着压力嫁给了他，这是我唯一一次违背母亲的意愿。他很感动，说会好好爱我一辈子，一定不让我伤心。

但结婚之后情况就不对了。他很霸道，说话语气强硬，家里的事情不商量，总是不由分说地独自做决定，对我的态度也几乎是 180 度变化，说话很不耐烦，我提出的要求或建议他总会不假思索地先加以否定。我很愤怒、很失望、很伤心，想离婚却很窝火——父母本就反对，而我却一意孤行，再离婚不就是打自己的脸？但他并不觉得跟我说话的态度有什么问题，认为男人就该做决定而不是听女人的（这是强势的大男子主义）；哪怕是关心人的话，从他嘴里说出来都是生硬的、扎心的，很容易伤人。

我当时不懂得如何积极促成改变，又不敢离婚。每当他不好好说话时，我就只能生闷气，以冷暴力的少说话或不说话来应对、逃避问题。结婚三十多年，因为不能好好沟通，我们从无话不说的同桌，变成话不投机半句多的冷漠夫妻。想想我们的初心，他应该是爱我的，我们的夫妻感情还在，只是没了温暖柔情与默契。我们都知道我们有问题，却不知道该怎样修复和表达，谁也不肯先迈出改变的一步。

在女儿长大一些后，我想用离婚摆脱或改变冷漠的关系，几次提出都被拒绝，然后又因家人的劝说而放弃。我甚至对自己的人生感到绝望……

一次海医安宁志愿者的培训，是雁凌老师讲心理学，她说："亲密关系中要学会告知、核对。如果对方不知道你想要怎样的生活，你就要主动告知，然后两个人一起努力达成目标。不要指望对方是你肚子里的蛔虫，你什么都不说，人家不知道你的期望，也就做不到让你满意。"

"你要为自己想要的生活负责，包括告知对方以及自己努力争取。不确定对方是否理解你的意图时，要记得核对。不要想当然以为对方就应该如何。你自己不努力争取，单纯指责对方，那是你对自己的生活不负责任。"

我又一次被震撼到了。是啊，过去我只是埋怨、忍耐、觉得委屈，却没有告诉他我想要怎样的夫妻关系，也没有尝试跟他确认我们是否可以一起做出改变。

好吧，我要对自己的人生负责。过去我被动地等他改变，现在我要主动告诉他我想要的和不想要的。借由这次疾病复发，我跟他谈话时所提出的要求中就加了一项内容：从今往后请试着好好跟我说话，让我能感受到你的爱，我有了好心情，才会利于身体康复。我也会积极做出改变，不再抱怨、赌气、不理不睬。他同意了！他已经习惯的说话方式，在我友好的提醒下也慢慢改变着。

现在，我们之间的关系改变了，我们尊重彼此做自己喜欢的事。我每天在电脑前忙着弄照片和视频后期、网课的学习与分享、为外出旅行做准备。而他退休后，虽然事情不多，但话还挺多，愿意给我分享他看到的新闻，甚至是他看的小说。我们可以温和地交流，即使意见不同，也可以和睦相处。

心理学课程似乎疏通了我在关系中的困扰，缓解了我对良好关系的渴望。我好像总能歪打正着地走捷径。短平快的各种心理学课程、偶然得到同学送给我的学习机会，都恰好对应了我需要解决的问题，也因此成效显著。最直接的效果就是跟父母、丈夫、女儿，还有自己和解，让我内心的阴霾被爱与温暖取代，让我能够一身轻松地面对剩下的人生。

所以，我很幸运。我变得更加平和、温暖、快乐，这为我的身体修复打下了一个好的心理基础。

❷ 好好爱自己，给自己灵性关怀

癌症复发后，最重要的就是恢复健康，而这种恢复是肉体和精神两方面的。

（1）与自己的身体对话

除了正常服药外，我还想对自己的身体做一些心理学方面的尝试。在所读的书中我了解到，人是可以身心合一的。我们给自己的正向意念会影响我们的身体健康状况。有心理学专业人士在得知自己得了癌症之后，亲身实践这一理念，并得到了不错的结果。

我也想试试。我试着跟我的身体说：你好，我很爱你。但是很抱歉，这么多年我都忽略了你的感受，令你受到伤害而生病。感谢你一直以来容忍我的灵魂住在你这里、折腾你这么久。感谢你用生病这种方式提醒我要做出改变，并让我开始关注你的感受。从现在开始，我会好好呵护你、呵护我自己的内心。我们一起加油，让你慢慢好起来，一起继续在这个世界上欣赏、体验各种美好与爱。

我接纳我的癌细胞，它们也是我生命的一部分，我也要好好爱它们：我身体里的癌细胞，你们听得到我说话吗？很抱歉，是我不爱惜、不懂得放过自己，长时间情绪压抑让原本是健康细胞的你们饱受伤害，演变成如今的癌细胞。无论你们是否健康，你们都是我身体的一部分，我爱你们，更想呵护你们，我们是密不可分的整体。从现在开始，让我们一起用健康的生活方式和精神状态让病变得以恢复，你们健康了，我才可以和你们一起继续我们的生命旅程。一起加油好吗?

无论我的生命还有多长，只要我们一起努力了，我就会很开心、很感谢、很知足。因为我们没有轻言放弃，我们努力过，剩下的顺其自然就好。

（2）用芳香精油呵护自己

在我的癌症复发之后，和我一起学习芳香心灵呵护的伙伴中有资深精油爱好者，她们主动调制了适合乳腺问题的复合精油送给我，希望我好好呵护自己。

过去我都是用精油呵护患者、家属、医护和志愿者，现在我要好好呵护自己。我会用一定时间给自己做芳香精油抚触，听着赖大叔 23 分钟芳香呵护的引导语音放松自己，感受自己的身体，逐渐从头部、双肩、双臂，到前胸、腋下，感受身体的每一寸肌肤、每一条神经、每一个细胞慢慢放松下来。

很多个夜晚，我都是这样爱抚着自己身体，慢慢进入梦乡……

（3）正念冥想

我在小伙伴的推荐下，跟听一个冥想课。每天冥想一段时间，跟随正能量的背景音乐和语音指导，进入冥想状态。当然，刚开始练习时很难做到不分心。

在东西方文化中，都有冥想练习这部分。练习冥想，努力让自己内心清净。从排除杂念，保持正念，到不执着、不纠结，这不是短时间能达到的境界。刚开始我就经常溜号、杂念翻涌，越告诫自己别胡思乱想，越是满脑子思绪纠缠，反而变得更加心烦意乱。

我问过赖大叔，冥想时内心静不下来怎么办？他说，那就接纳自己现在的状态，接纳了，烦恼就消失了，慢慢练习就好。

对啊，急什么？这就是我目前真实的状况。接纳自己的真实情况，然后再尝试让自己慢慢进入状态。不急了、内心淡然了，反而更容易进入少杂念的状态。

冥想练习，让我的内心变得平静，接纳自己，也接纳他人。没有了情绪的大起大落，人平和淡然多了，这对身体的恢复无疑是很有帮助的。

（4）临阵磨枪、修身养性

我毕竟已经到了乳腺癌晚期，如鸵鸟般回避也是不现实的。面对死亡时，我特别想了解死亡的时刻究竟会发生什么，死了之后又会怎样。死亡，即肉体消亡之后，灵魂真的不死吗？这难道不是人类为了降低将死之人对死亡的恐惧而杜撰的假说吗？人的意识脱离肉身之后去了哪里？在哪个维度的空间游荡？会以怎样的形式“活着”？还会回到人间吗？以怎样的方式回来？……

不知道自己还能活多久，我临阵磨枪地读了、听了几本书：由雷蒙德·穆迪所著的《死后的世界》、由索甲仁波切所写的《西藏生死书》，还有伊丽莎白·库伯勒写的《下一站，天堂》，以及埃本·亚历山大的《天堂的证据》。

其中，《天堂的证据》给我带来的冲击最大，颠覆了我的认知，我相信了这位医学领域的科学家的亲身体验。埃本·亚历山大是哈佛医学院脑神经外科专家，具有二十多年医学科学的背景，他还是质疑濒死体验的科学家之一。但他自己却因为一次细菌性脑膜炎昏迷了七天七夜，医生判断他即使醒来，也只能是植物人。当医生决定放弃的时候，他真的醒来了。

他告诉人们，在昏迷期间他进入了彼岸世界，在那里有一种类天使的存在引导他体验了超越身体的领域，游历了异于地球的空间；在那里他遇见宇宙的神圣并与之交流；在那里他与超自然现象相遇，意识是可以脱离身体存在的，生命的结束并不是终结，而是另一段经历的开始。他现在依然是一名医学专家，但以一个从天堂归来者的身份向人们阐述他见到的真相，包括三维时空的局限性、我们意识所能到达的高度，以及无条件的爱的力量——当人们学会了爱与宽容，才能到达一个更高的境界，进入更高维度的空间。

藏传佛教相信，人离开这个世界后有转世和轮回。在《西藏生死书》中，索甲仁波切帮助人们了解死亡是怎么一回事；死亡时会发生什么、该怎么做。与儒家的“未知生，焉知死”相反，《西藏生死书》教导人们“未知死，焉知生”。唯有懂得死亡，才懂得生命的价值与意义。

书中有很多对生命不同阶段的具体描述，包括人临终时刻的阶段性状态和死亡后的状况；如何对待临终者——在不同的阶段，生者该怎么做才能不打扰临终的人，确保他顺利到达彼岸。该书不只讨论死亡，更讨论该活成什么样子，包括向内修心、禅坐、佛法，与现代修行等。

这两本书改变了我对生命与死亡的认知。我不再为死亡带来的未知而感到担心与迷茫，我学会珍爱自己，并打算借助志愿者这个身份，把慈悲与关爱之心带到安宁临终关怀中，以微薄之力帮助他人，同时滋养并修炼自己。修身养性可以让生命变得更有意义，让下一段旅程拥有更高的起点。

（5）学会鼓励自己、欣赏自己

从小时候开始，我几乎就一直活在自我否定中。每当工作或者生活中出现问题时，我首先想到的就是：这是不是我的错？我哪里没做好？我在学习新的技术时，会先担心自己不够聪明，没有能力学会；我从不敢竞选班干部或争取工作岗位的晋升，因为觉得自己根本不行；我内心抗拒在人群里出现，会怯场，担心自己不够好而招来蔑视。

在数学系读书期间，我不仅因为会画画而负责板报、拍照、洗印照片，还是校队运动员，还因为代表数学系参加歌咏比赛战胜了音乐系，最终获奖，而被认为是多才多艺的人。

但另一面却因是数学“学渣”而自卑。

对数学超级无感且讨厌数学的我却学了数学专业。我努力过，尝试过起早贪黑地学习，累得偏头痛，看书看到恶心也学不明白；而别人却可以学得很轻松，还觉得乐在其中，我知道我根本不是学数学那块料。我在班里有深深的自卑与绝望感。那个年代还没有中途可以转专业的政策。我硬着头皮，煎熬地学了四年，只能勉强及格，我被深深的挫败感淹没。看到艺术系的学生出去写生，背着画夹子欢乐地走过我们班窗下，我想哭——那才是我想要的学习生活！

这样的我，后来居然还在天津商学院、天津大学石油分校当了大学老师！幸亏只教作为基础课的数学——樊映川的《高等数学讲义》（教材）。为了把复杂的数学给学生讲明白，我重新翻开大学课本复习、了解樊映川教材的相关内容，现学现卖地胜任了我的工作。在天大石油分校期间，尽管我的教学口碑很好，还获得过学校教学竞赛第二名，但晚上做梦时，我依然会梦到我在课堂上讲着课，忽然不知自己所云为何的场景……

我，一个从小想学画画的女孩儿，一个渴望过学医的女孩儿，却被“押送”到数学系学习了四年，在大学教数学十一年。生命中有十五年都在做自己不擅长、不喜欢的事，那是一种看不到希望的人生。后来我决然从大学辞职，成为北漂。因为再不离开这个岗位，我觉得自己会抑郁、会疯掉。来北京找工作期间有人说：“你一个学数学出身的能干什么？”但我想，哪怕我从此找工作只是为了糊口，哪怕去街上卖煎饼果子，我也逃离了数学！

北漂期间，我机缘巧合之下去了中国服装设计师协会的服装设计师培训班学习，师资是专业能力很强的北京服装学院和中央工艺美院的教师。这次学习唤醒了我曾经的绘画天赋，我成为班里成绩不错的学生。后来，成为一名服装设计师。

我终于找到了人生中自己喜欢做的事情，是那种多苦多累也不在意的喜欢。我喜欢一个人的世界，一个人画一张画、做点手工、发发呆，不想触碰外面的世界，更不愿意参与社交。

我开始鼓励自己，尝试告诉自己：我是很棒的。这对于习惯自卑的我而言是有难度的，我觉得很虚伪，是形式主义。但学习芳香心灵呵护时，我知道意识可以影响生命状态，于是我决定做出改变。

刚开始不好意思对自己说时，我就试着安抚那个内在的小孩，对她说：你其实是个挺聪明的孩子，记不记得小时候逃学遇到的教授也这么夸过你？你是独一无二的存在，甚至是你的自卑让你谦虚、懂得自省，你才有能力更快地觉悟；你不用跟谁去比，你只需要跟你自己比，只要今天的你比昨天有进步，你就是好样的，就值得被欣赏和鼓励；慢慢试着认可自己、表扬自己，活成一个内外都灿烂的孩子好不好？

然后我又请自己进行习惯成自然的自我鼓励。首先要发现自己值得表扬和鼓励的事件（这反过来也督促自己不能混日子）。比如我做了有意义的事：在做病房服务时观察到令我有所感悟的事；完成了病房温馨活动的视频任务；坚持学习了一些课程；学会了修一种风格的风光片；跟朋友讨论一些问题受到了启发；跟女儿或者先生说话调整了自己的状态、收到了更好的效果……甚至我健步走了多少步都可能成为我认可自己、鼓励自己的理由。

我会经常跟自己说："你真不错哦！"来鼓励自己，比如，健康管理师考过了："哇，你真厉害！六十多岁还有学习能力，好开心哦！"芳香心灵呵护讲师领毕业证了："好棒啊！三十多人中你是第二个毕业的，值得骄傲！"读完一本生死教育的书，并把朗读音频上传到互联网："我的声音好温暖！点赞！"

参与志愿者分享时，我讲了我的经历，有位老师说这可以引发其他人思考——我曾经以为灰暗的人生经历也变得有意义了。于是，"我是尘埃也要仰望星空"的感觉立现。当自己的生命变得有意义、有目标时，便会乐于做事、乐于学习。做自己喜欢做的事，会感到由内而外的快乐与幸福，也让生命由内而外地变得灿烂，身体自然也会充满活力。

（6）生命的最后三十分钟我想做什么？

2016年母亲去世之前，我的人生轨迹是大学毕业、工作、结婚，忙忙碌碌却没有长进，生命都浑浑噩噩地度过了。

母亲的去世令我意识到，我拒绝那样的死亡；自己生病令我开始寻找更好的死亡可能。就是在最近这三四年，成为安宁志愿者并持续地学习成长，我的人生才逐渐开悟，生命才逐渐觉醒。

随着自己对生命与死亡有了新的认知，我便对死亡充满好奇与敬畏。在刘苡青老师的“失落与哀伤”平台与北京十方缘联合举办的一次生死话题的交流活动中，苡青老师给大家提了一个问题：如果你的生命只剩下三十分钟，你会做什么?

我的回答是：首先假设我是神志清醒的。我会用十分钟给自己化个淡淡的妆，让自己看起来美美的，即使我飘然离去，留下的也是一份美好；再用十分钟跟家人朋友们拥抱告别、四道人生；最后十分钟，请大家不要打扰我，我需要一个安静的环境好好体验从此岸到彼岸的过程，因为我太好奇了，不想错过完整的体验。

死亡与出生一样是神圣的时刻，我对她充满深沉的敬畏与臣服。而今，我对死亡的感悟又多了一份对下一段旅程的好奇与美好期盼。死亡，或许可以是一次轻松惬意的升华。随之而来的，是个体生命的自由、淡然与洒脱。死亡随时可来，我会欣然离去。但现在，我也会活好当下的每一天。

| 第九章 |

用安宁理念
送父亲安然离世

母亲去世后，父亲很快变得抑郁，并伴随着帕金森和阿尔茨海默病。没有跟母亲好好告别是他抑郁的直接原因。当时的我不懂得，让父亲参加母亲的告别仪式才能让他更好地进行哀伤处理，而我只听了老一辈人的劝说，以为不让父亲参加遗体告别才是对他的保护。即使本意是为了他好，但在我爸心里，他不能原谅自己没送妻子最后一程，内心的纠结与自责让他陷入抑郁。

我没有能力帮助父亲走出抑郁和阿尔茨海默病，但我成为临终关怀志愿者之后最大的心愿就是能用我所学到的帮助父亲善终，告慰双亲。

学习了芳香心灵呵护之后，我提前为他做准备：父亲这辈子都不习惯被拥抱、被抚触，他会感到惶恐。我从冬天让他给我焐手开始彼此抚摸，从手到小臂，让他慢慢适应（毕竟抚触想带给他的是祥和宁静的陪伴，而不是让他紧张无措）。渐渐地，无论我抚摸他哪里，他都可以接纳了。

平时我也跟他聊死亡的话题，虽然患有阿尔茨海默病，但他依然记得自己是老党员，说自己不怕死亡。我相信，他说不怕死，靠的是他的勇敢而不是心安。而我要做的，是给他一个安心、安全、祥和的善终。

我尝试用他的世界（阿尔茨海默病的世界）的语言跟他交流：

就算身体不舒服，就算到了最后时刻，我都会一直陪在你身边。

你要知道你是安全的。

死亡的过程可以是平静安详的。

不要担心，我会拉着你的手陪你一起经历这个过程。

无论有没有信仰，离世时有亲人的温暖陪伴，一定是心安的。我就是打算陪在他身边，不让他再像母亲那样孤独无助地面对死亡。

车明泽老师的课讲过将“四道人生”融入日常生活，我深受启发。每逢节假日和彼此生日，我和父亲都会互相道爱、道谢：我感谢他给予我生命，成为我的父亲；他会说，谢谢我成为他的女儿。

刚开始道爱时还有点不适应，毕竟我们从小就没有被教育过应该如何道爱，觉得难以开口；或者如果直接说“老爸我爱你”，他会觉得很突兀、不明所以，会骂我有毛病。后来我每次陪伴他，都会在简单问候之后，以女儿撒娇般的方式对他说："老爸，爱你呦！你爱不爱我啊？"刚开始他会回答说："你胡说八道什么呢？"后来他会说："当然爱你。"再后来我们就习惯了。

当然，偶尔也会道歉。有让他不高兴的事情时，我会说抱歉，哪些事情我没处理好，请他原谅，告诉他我会怎么改善，并征求他的意见。

每次离开时，我们也会说"再见"道别，我还会抱抱他，我们互相招手直到再也看不见彼此……

我在自己家里也试着跟先生这样做，算是为自己的死亡做准备。希望我无论什么时间离开，都尽可能少留些遗憾，多留些美好。

❶ 父亲未完成的心愿

父亲的阿尔茨海默病越来越严重了，经常恍惚，一觉醒来不知道自己在哪里，有时甚至不认识家人。同时帕金森也更加严重，生活不能自理，肢体行动有障碍，需要专人 24 小时照顾。

这样的父亲，已经不能进行理性、正常的思考和表达。尽管如此，他还是能表达一些他未完成的心愿——

(1)找亲人

父亲抑郁之后，每天睡醒都会寻找我母亲；阿尔茨海默病加重后，还会找他的其他亲人：他的姐姐秀灵、妹妹秀文……我没办法把母亲变回来，只能等待他自己从恍惚中缓过来，陪他走走、说说话，度过他的迷茫。

我会在父亲相对清醒的时候跟他碎碎念：“妈妈虽然因为肺癌走了，但在她活着的时候，我们陪她一起去了大同悬空寺和石窟，去了承德避暑山庄，去了乳山威海，去了老家兴城。我们还一起拍了四世同堂的照片，每周还有四世同堂的聚会，妈妈很满意、很幸福的。她虽然比你早走了，但是她希望你能好好替她活在这个世界上，看着重孙女出生长大……父亲有时候插话说：“你妈妈就是不肯坐飞机，不然我们还能去更多地方！”

父亲不知道母亲最后在 ICU 遭受的痛苦，这部分我一直瞒着他。我想在父亲心中只留下母亲正常的，甚至是对父亲强势的形象。

在得知“好好看着重孙子长大、重孙女出生”是母亲的愿望后，父亲就义不容辞地要替母亲多看看她未曾见过的重孙女——小布丁。

他对重孙女格外上心。小布丁百天、半岁、一岁，还有平时，我都会给她拍照，然后把拍好的照片传到父亲的平板中，他真的是爱不释手、看不够。孙子和孙媳妇都是医院的主力医生，平时特别忙。但即便如此，他们也会抽出时间，逢年过节带孩子们来养老院看望太爷爷。每当小布丁出现时，老人家眼里便再无他人。

他说不知道为什么，每当看到小布丁，内心都会很激动，抓心挠肝地放不下。我想，父亲是带着母亲一起在看自己的重孙子、重孙女，所以很用心吧。他说小布丁有点像我小时候的样子，每当看到小布丁，就会让他想起当年我这么小时，他和母亲的那个家，还有家里的孩子。

当他午觉醒来找我母亲，一时半会儿缓不过来时，我便让护理员给他看手机里的小布丁，他就会从焦虑中转移注意力，眼里还会流露出满满的喜欢。看来重孙女对太爷爷很有治愈效果。

实际上，关于父亲找母亲、放不下母亲这件事，即便学习了安宁疗护，在父亲的阿尔茨海默病加重后，我依然没有能力帮助父亲走出来。他对自己没去送妻子最后一程的自责与心痛一直伴随着他直到离世。对此我感到很无力，只能分散他的注意力，或在他痛苦时默默陪在他身边，拉着他的手，跟他在一起，看着他流泪再缓缓醒过来。

我曾经以为我眼中强势的母亲离去了，父亲不是该活得轻松且没有压力吗？但现实却是父亲对母亲有着深深的眷恋。有一次，看到父亲恍惚中自言自语地跟母亲说话，那眼神满是宠爱与喜欢。当晚我做了个梦，梦到我去养老院看望父亲，父亲站起来视线越过我，看向我身后的远处，依然是那样温暖宠爱的目光。我跟随父亲的视线看过去，看到母亲在人群中站着，微笑地看着这个世界。那一刻，我被父亲眼中的深情深深震撼了，醒来后泪流满面。母亲是他的念想、他的梦、他美好的记忆，那就让他一直带着这样的梦吧。我既无力改变，又何苦去改变呢？陪着他就好，不是吗？

父亲有时还会想小姑姑。小姑姑清秀美丽、泼辣能干，是我孩提时代最亲近的姑姑。她从延边龙井老家来到长春，在兄嫂的资助下读完了中专，对象也是嫂子给介绍的。姑父浓眉大眼，跟姑姑的清秀对比很强烈。小姑姑生了三个女儿，个个都很漂亮。父亲与小姑姑很亲近，孩子们也很亲近，小时候经常两家串门。

但小姑姑五十岁时就因脑出血去世了。她的早逝对父亲打击很大，每当提起这件事，都会令他惋惜不已。得了阿尔茨海默病之后，父亲记忆中也知道小姑姑已经不在了，对小姑姑的思念更多是他的回忆，但父亲犯迷糊时还是会跟小姑姑对话："小文啊，你别不听劝，你脾气太大，你不能……"我对父亲偶尔出现的这种与小姑姑的碎碎念没有打扰，顺其自然。

当小姑姑的女儿们来北京看望父亲时，父亲听见外甥女一声声"大舅"的呼唤，脸上是心满意足的笑容。看着事业有成的外甥女在身边围绕，父亲骄傲地跟养老院的老朋友说："我的外甥女来看望我了，我妹妹的女儿。"对方夸他外甥女漂亮，他也很得意地回应道："那是，她们个个都好看！"

平时我会把表妹们发的消息和照片给父亲看。看到照片时，他会感慨，也会为她们骄傲。

父亲念叨最多的，除了母亲就是大姑。大姑中学时成绩优异，竟能说服保守的爷爷在那个年代出钱送她一个女孩子去日本留学。大姑很疼爱自己的弟弟，留学后也带给弟弟很多新观念、新思想。除了姐弟之情，他们之间更像是志同道合的朋友，还有弟弟对姐姐的敬仰。

母亲和父亲的相识也源于大姑的撮合。跟大姑一起留学日本的鄂家二小姐是大姑的闺蜜，她的二哥跟我姥姥是亲如家人、感情深厚的邻居。大姑经常跟闺蜜去二哥家串门，便也经常与正在读大学的母亲见面。一来二去大姑觉得在通化法院工作的弟弟跟邻家的美女大学生很般配，就努力撮合了一下。由于双方家庭都很信任鄂家，这件事便在姥姥姥爷和妈妈见过年轻有为、高大帅气的父亲之后，定下了。

结婚后，大姑跟妈妈之间的关系有些紧张，因为她们都是比较强势的女人，而且都很爱我父亲。父亲作为丈夫和弟弟夹在其中很是为难，经常要在两个女人纷纷要求他来评理之时做些和稀泥的事情，这一和就是一辈子。直到妈妈去世前几个月，她还拿出已经住进养老院的大姑前段时间给她写的信，说大姑在翻旧账指责她。父亲说那是姐姐在回忆当年，说话有些生硬而已。

大姑是武汉大学的教授，大姑父当年是武汉钢铁厂的领导。改革开放后，大姑将自己的女儿都送到国外深造。之后大表姐回到了大姑身边，却因癌症早逝了。大姑的晚年只能孤独地住进养老院。

母亲去世后，父亲很想去武汉看看大姑，他很想念姐姐。

我也希望他们姐弟可以见面，好好聊聊。为此，我和哥哥安排了时间，打算陪父亲坐飞机去武汉，在养老院附近找个酒店住下，每天过去看看大姑，之后再回北京。但在这之前要先联系养老院打个招呼，再安排过去的事情。大概是养老院的条件不太好，大姐夫之前留给我们的护理员电话经常打不通，或者打通了之后护理员又不在身边，之后就不再接电话。

我在网上问在国外生活的二姐，她也说好久没跟母亲联系上了，也联系不上护理员。为此，她特地从美国飞回武汉，想看看发生了什么。后来二姐说，幸亏她回来看了看，不然她的妈妈就死在那里了。大姑已经肺炎发烧了，护理员见老人没胃口吃饭，便也不喂饭，还不报告，导致大姑的身体极度虚弱，必须送去住院。

二姐让我们等大姑身体恢复出院后再来武汉。我们等了很久，但大姑的状态一直不好。虽然退烧了，但人很虚弱，甚至抬不起头，并且有些糊涂了，嗜睡，每天清醒的时间很少。二姐说她担心母亲这样的状况，舅舅来看会受不了。我也担心他们姐弟见面，彼此都会很受刺激。于是我和二姐商量着让他们在网上通过微信视频见面。

那是 2017 年 4 月，二姐在大姑醒来的有限时间里跟我们微信视频。视频中看得出大姑依然很虚弱，几乎是被二姐抱着才坐住的，而我父亲那时还能自己走一小段路，在家里基本可以行走。父亲坐在沙发上，期待着。

两位老人看着屏幕中的画面，都有些激动。大姑在努力辨认画面里的人影，父亲却一眼就看到了大姑瘦弱的脸庞。

父亲瞬间红了眼眶，喊着："姐姐，姐姐，我是国志啊！你还好吗？你怎么这么瘦啊？"

大姑原本看着画面的，听见弟弟的声音，忽然扭头看向房门，大概是太期待那个门口会出现亲人的影子了。她在门口没看到人，就开始慌乱地找，在二姐怀里挣扎："我弟弟国志喊我呢！国志，国志你在哪儿啊？"

二姐帮助大姑转回头，让她看着平板电脑中的画面，指给她说："那是谁呀？"大姑的眼神聚焦到屏幕上，流着眼泪说："是国志，是我弟弟，我的美男子弟弟。"

大姑笑了，父亲也笑了。

姐弟俩没说几句话，大姑的精气神就不好了。父亲努力想跟姐姐多说话，但姐姐的回应越来越少、越来越弱。父亲给她讲自己现在有了新家，跟女儿做邻居，每天一起吃饭……那边的大姑却已经垂下头睡着了。我让父亲跟大姑说再见，大姑没有反应，只有二姐拿起大姑的手挥舞着跟我们说再见……

在父亲心里，他跟姐姐见面、聊天、道别了，但是姐姐太累、太虚弱，支撑不住了。当时父亲的阿尔茨海默病还不是太严重。他说："你大姑太累了，见过这一次就可以了，别再折腾她了。"

一个多月后，大姑去世了。最后的这次见面，大姑 95 岁，父亲 90 岁。我和哥哥去武汉参加大姑的葬礼，回来后也没敢跟父亲讲大姑已经离世的消息。

后来，父亲又想念姐姐。我说，大姑糊涂了，也坐不住，不能再视频。父亲说，那他就给姐姐写信吧。他写了好多页，回忆过去并告诉姐姐自己现在的生活状态，让姐姐不要惦记他，记得好好吃饭、恢复身体……写地址时，父亲脑子涌出熟记于心的姐姐家的老地址，他工工整整地写好信封后让我帮忙寄出。但那个老地址早已盖了新楼，而养老院的新地址又不在父亲的记忆中。尽管如此，我仍然贴了邮票，将这封信投进了信箱，多么希望天堂的姑姑可以看到这封信……

再后来，父亲问我："你大姑还在世吗？应该不在了吧？"我吞吞吐吐地说："二姐说她已经离开了，但是走得没有痛苦，是在二姐的陪伴下离开的。"父亲叹了口气说："我姐姐走了，95 岁走的，也是长寿了。"看来，父亲心里是有所准备的。

现在想来，或许父亲是用自己写信的方式与姐姐回忆过去，并道爱、道别，才化解了他内心的悲伤。虽然他糊涂时还是会找姐姐，会自言自语地跟姐姐说话，但他并不悲伤。

虽然当时我还没有学习安宁理念，但我是以我对父亲的爱，本能地想帮助他实现愿望。这样也算是帮助父亲完成未竟的心愿了。

（2）关于准考证——大学梦：

父亲曾经是要考大学的。他是很出色的年轻人，除了长得帅之外，学习也很好，又多才多艺，还是国统区清华附中鞍山分校很有影响力的学生会主席。

高三备考期间，父亲准备考哈尔滨建工学院，受地下党组织的鼓舞，父亲满腔热血地牵头，联合其他中学生领袖一起闹学潮。学潮规模搞得很大，被国民政府通缉，他也因此不能再回学校继续学业。

完成任务后，他本应按照组织约定奔赴解放区，准备从解放区参加高考。但解放区当时正在土改，急需有文化的人参与。组织上说他已经很有文化了，让他先协助土改，之后再考大学。

父亲决定以大局为重，投身土改工作。

土改完成后他申请考大学时，正遇解放区遭国民党土匪集结反扑。于是他又接受速成司法培训、配枪，被任命为通化法院三个审判庭之一的庭长，并参加解放区保卫与清扫残余势力的工作。

清剿结束后，早已换了上级领导。他提出要去考大学时，新领导说："你一个地主家庭出身的年轻人，应该注重自我改造，还心存上大学的小资产阶级思想？积极工作才是正道！"这直接封死了他上大学的路。和那些为革命牺牲的人比，父亲上学的事情不值得一提。

但明明组织承诺过不耽误他上大学，他也为革命奉献了自己的青春热血。年轻人心里不服，但出身不好的包袱背在身上，父亲也只能把上大学的事压在心底、不敢再提。就这样，父亲的学历便永远停留在高中。母亲跟我们开玩笑说：“你爸就一个高中学历。”父亲很不服气地说，如果一起读书，他会比母亲更优秀。

没能读大学、学习自己喜欢的专业，成为他永远无法言说的遗憾。

阿尔茨海默病之后，父亲压在心底一辈子的不甘浮上心头，在疾病的世界里就变成了一张准考证的丢失。在一段时间里（一两个月），他一直在找准考证。让护理员找、让我找，但翻箱倒柜都没有。他很焦急：“怎么可以丢了我的准考证？我上学的事情怎么办？！”

他还经常忽然起身跟护理员说：“赶紧走，马上要考试了，再不去就来不及了！”或者喊我：“赶紧带上准考证，我要参加高考，这次我必须要考大学！”有几天甚至因为我不能给他找到准考证，他烦躁得白天晚上都不肯休息，念念叨叨地反复翻抽屉、柜子、衣服兜，一副豁出命也要找到准考证的架势。

看到父亲如此执着、焦虑，我想，是不是父亲将一直没能兑现的承诺幻化成了他世界里的一张准考证？于是，我不再跟他说我们找不到准考证了，而是尝试按照他世界里的故事情节改编：“老爸，告诉你个好消息，现在政策变了，不用组织批准、不用准考证，谁都可以参加高考！不限年龄、不限出身，只要你报名就可以。咱们直接报名就能参加高考！”

老人家听闻还有点不相信，说：“谁都能参加考试？报名就行？”

“是啊！”

“不需要组织批准？”

“是的，不需要批准就可以报名。”

再次听到我说“不需要批准”时，他的眼眶红了，身体也松弛下来。他低下头，沉默了很久……看着这样的父亲我很心酸。他抬头，很郑重地跟我说：“耽误了这么久，终于可以考大学了。那你帮我报名吧，我要报考的是哈尔滨建工学院（哈尔滨建筑大学，现与哈尔滨工业大学合并）。报名费你替我交，我得去准备复习考试了。”我说：“好的，一切交给我，您安心复习吧。”

又过了几天，他打电话说要跟我谈一件严肃的事。我赶到他身边问他什么事，他说，他发现自己已经到了坐轮椅、上厕所都需要别人帮助的程度，而上大学要宿舍、教室、食堂三点往返，他已经没有能力完成这些简单基本的活动了，怎么上学?

我说：“没事啊，我出学费生活费，可以让您的护理员跟您一起读大学！”

他想了想说：“我这个年纪，上了大学也不能为国家做什么，还要搭上人来护理我。要不然，上大学这件事先放一放吧。”

这件事就这样放下了，父亲也没再为这件事焦虑过。

（3）关于小女孩儿的安置：

父亲有一次因肺炎住院，发高烧。缓过来之后他总说他在逃荒路上捡了一个小女孩儿，一直问我那个孩子在哪里。还说我们现在就是在逃荒的路上颠簸着，吃不饱饭，他发现一块土豆地里还有剩下的小土豆，让我去挖，再煮了给小女孩儿吃。他甚至急得不行，担心去晚了被别人挖干净，我们就没得吃了……

我很懵，问他是不是做梦了？但他在不同时间多次提及这件事，人也变得很焦虑，必定事出有因。虽然我想不明白这件事源于什么、背后是什么寓意，但我依然尝试跟着他的思路编故事。

我说："关于土豆，我马上安排邹师傅（我公司的司机）去挖，然后装车运过来、储存好，你放心！"父亲愣了一下，估计他也觉得挖土豆、装车、邹师傅这一组合有点奇怪；然后关于那个小女孩，我说："咱们现在是在逃荒的路上，吃不饱还挨冻，那孩子跟着咱们多受罪啊！今天我正好路过县城，有个有钱的人家在施粥，那家人心肠好，我把小女孩儿委托给他家了。这样，孩子有了吃住的地方，就不用跟着我们颠沛流离地遭罪了。我这样的安排您满意吗？"父亲又愣了一会儿，然后就像老干部对下属的工作表达满意一般，说："嗯，这件事你处理得很好。"

从此，父亲就不再提逃荒路上的小女孩儿了。虽然我仍不知道事情的原委，但这件事似乎被我解决了。

无论我能不能搞清楚老人家焦虑背后所隐藏的故事，我一般都会按照他的表述，顺着他给的情节合情合理地继续编故事，然后给故事安一个尽可能完美的结局，这样他就会安心，然后放下。

（4）没被组织忘记

父亲 18 岁就参加了革命，却一直在接受组织的考验，一个岗位做到该晋升了就会被调离，重新开始。父亲一直觉得这是自己的家庭出身导致的，改变不了，只能无怨无悔地更加努力工作，希望组织能看到自己的真诚。

1969 年到 1973 年，我家“走五七道路”下乡期间，父亲积极参与当地的规划改造。对建筑设计情有独钟的父亲充分发挥自己的特长，为新农村改造做房屋设计、用等高线地图帮助公社做改造规划。当地公社党组织感觉得到一块宝，却纳闷儿：这么优秀的同志怎么可能一直没成为党员呢？无论如何，我们认定这是一个好同志，我们发展他入党！

于是，父亲 45 岁时终于成了老共产党员！父亲很珍惜地方党组织对他的接纳，工作也更加努力。

改革开放初期，为防止冤假错案，进行过一段时间的档案内容重新审查公开。这期间，父亲的老同事，当时是他的领导，看到父亲的档案里有一个纸条，上面写着：此人不可重用！ 这是父亲年轻时在通化法院工作期间，那里的一位领导写的。

为什么这样写呢？因为在当年剿匪过程中，父亲和其他同志共同发现这位领导与匪首的三姨太有染，而他们却让涉世不深的父亲出面向组织反映了这个问题。当时组织上对此事进行了审查，说是误会。那人领导继续做着，而父亲则被写了这样一张纸条塞进档案，背了三十多年。

这是个人报复行为，属于冤假错案，纸条因此被抽出去了。父亲的领导很愤怒地表示："老徐，你这么出色却一直起不来，竟然是因为个人打击报复！真令人惋惜！"但父亲觉得至少知道真正的原因了，不是组织上不信任他，而是一个"臭虫"的报复导致的后果。这反而解开了他一直以为是自己不够好才不被组织重用的心结。父亲从此更加努力地工作，希望可以多少弥补人生的遗憾。

他 18 岁之后的人生，一直等待着组织的认可，也一直很在乎组织的态度，在年过半百后，他终于被组织真正地接纳了。打开了心结，他是开心的。尽管受了委屈，但他对组织仍然很忠诚。这种忠诚与信任是刻进骨子里的，即使得了阿尔茨海默病也依然如此。

关于忠诚，有个小插曲：父亲曾跟我聊起过，在闹学潮之前，他就已经在给党组织帮忙了。当时国民政府选了一些优秀的高中生去政府机关甚至军队机关实习，培养后备力量。父亲曾经借此机会为我党提供了很多情报。

父亲确诊阿尔茨海默病之后，我问他："您当年都在机关里给组织提供了啥情报啊？"

平时糊涂的他，这时却下意识警惕地看着我说："不知道！"

我说："告诉我呗，反正现在已经不需要保密了。"

他说："那也不能说！带进棺材也不能说！"

你看，这种忠诚是融在生命中的，连阿尔茨海默病都无法影响。

现在为了防止离休干部去世，子女继续冒领其工资福利的现象，吉林省老干部局每隔一两年就会派人核访住在外地的离休干部。2019 年底，老干部局来人看望父亲，只停留了五分钟（北京要看望的人很多），跟父亲说了几句话，告诉他是代表省里来看望他的，组织上希望他多保重，并留下了 3000 元慰问金。父亲这个阶段已经处于比较糊涂、语无伦次、记不住什么事的状态了，但是跟组织相关的事他却努力记着。

晚上我去看他，他第一件事就是跟我说："你可回来了！我要跟你说一件大事——今天组织来看我了！是省里来的人看望我！他们真不错，没忘记我！嗯，没忘记我！"护理员提示他："爷爷，还有 3000 块钱。""哦，3000 块钱。"老爸从上衣口袋里掏出一个信封，"你妈妈呢？把这钱交给你妈妈，让她存起来吧！"后面两句表明他显然是糊涂着的，但是组织来看他的那部分他记住了，也表达清楚了。

被组织看到并信任，是父亲这辈子最大的心愿。在与父亲的交流中，我也注意用"组织"来解决一些问题。当我们不能达成一致、找不到合适的解决办法时，我会试着说："组织上希望您健康快乐地生活，咱们怎么做才不让组织操心呢？”这样有时会有意想不到的效果。

以前，遇到父亲莫名怪诞的话语时，我会提示他：“您糊涂了，不是这样的。”还会给父亲掰开揉碎了讲大道理、纠正他的荒谬。但往往适得其反、不欢而散，他的心结和烦恼还在。自从尝试过几次在他的世界里跟着他的思路游走，顺着他的线索编故事，给他编造尽可能完美却也合情合理的结局之后，父亲便放下了他的执念，焦虑和烦躁都少了。

急他所急、想他所想并帮他解决问题，他就会感到安心。这也算是一种与他同在的方式吧。我的任务就是帮他续写美好的结局，让他可以心无牵挂、快乐地生活。

❷ 父亲的临终

(1)第一次肺炎住院治疗

父亲的帕金森导致他吞咽障碍，吃饭喝水经常呛咳，甚至有过两三次饭间呛噎急救。为此，食堂把他的饭菜打碎以降低风险。我开始担心他会发生吸入性肺炎。

但该来的还是来了。2021 年 3 月 20 日，父亲高烧 39 度，呼吸急促、有痰。医务室判断是吸入性肺炎，建议家属尽快送医院。我们叫了救护车到三甲医院，在发热门诊验核酸，之后又做了抽血化验等各种检查，等待了四五个小时，检验结果出来后才进入呼吸科病房。

疫情期间，家属不得入内。望着关闭的病房门，母亲当年在 ICU 孤独离去的画面忽然涌上心头，我焦虑不安。父亲也因为床边没有亲人陪伴而烦躁不安，拒绝进食。好在还有护理员可以时时视频、互相安慰。等到住院一周病情稳定后，我们马上出了院。

出院后为避免复发，我尝试按照赵可式老师课程中介绍的“两个九十度转角”喂饭，以防止呛咳；还经常给他做一些炖得软烂的猪蹄或红烧肉等不易滑落进嗓子的食物，让他补充营养、恢复体力；食堂的饭菜依然通过打成糊糊来减少呛咳。每顿饭都是这样小心翼翼。

（2）第二次肺炎居家治疗

终是躲不过反复吸入。4 月 3 日下午，刚出院一周的父亲再次高烧 39.5 度，出现谵妄。

我担心父亲这次逃不过。但有上次入院的教训，我不再送父亲去医院，而是尝试用我所学帮助并陪伴父亲，也征得了哥哥的同意。

我在附近的药店买了口服消炎药、化痰药、退烧药。这是父亲上次住院用的药，只是把静脉给药改成了口服。我相信，用安宁理念、芳香精油抚触，与心灵呵护等临终关怀技术，再结合用药，应该比去医院效果更好，最重要的是亲人的陪伴可以给他安全感。

当然，我也做好了父亲挺不过去、离世的心理准备。

我在芳香呵护讲师班的群里呼唤伙伴们，告诉他们我手里现有的精油，请大家帮我提供一个应急临终呵护配方。遵照建议，我用薰衣草＋乳香＋基础油调制出临时用油以备急需。同时，欧欧老师快速调配了具有更多内涵的精油送到了父亲的住处；雁凌老师跟我讨论了临终注意事项；杨洁老师也给我们闪送了相关用品；正在海医安宁值班的小白医生也快递来了达玛临终用油。伙伴们相约晚上八点整共同远程为我父亲祈福。

傍晚，我给父亲喂了消炎药和化痰药，他高烧依然不退、谵妄手臂挥动，我拉起父亲手臂做精油抚触并示范给哥哥看，教他手法。八点整，我开始播放赖大叔芳香心灵呵护的引导音频，讲师班的伙伴们进入了冥想状态，开始远程祝福。我和哥哥分坐在床的两侧，每人托起父亲一只手臂开始做精油抚触。我在父亲耳边复述引导语，让老人家放松自己，并告诉他："我和哥哥都陪在您身边，还有好多有爱的人在为您祈福，我们都爱您，会一直握着您的手陪着您，您是安全的、没有痛苦的，您可以放松地睡一觉。"父亲捏了捏我的手表示知道了。

伴随着大家的远程祝福，父亲没一会儿就安静地睡着了，很安静、平稳地睡着了。烧，也退了。在场的护理员和医务室的人都感觉不可思议——不送急诊、不折腾老人，在老人自己的房间、自己的床上，用口服药加一番芳香精油抚触与心灵呵护，就让老人由谵妄高烧转为平静安睡且退烧，这比送医院好多了！

第二天上午，父亲的身体恢复正常，状态也不错。看到我陪在身边，他很拽地说：

“你在这儿干嘛？”

“我来陪着你啊。”

“陪我干啥？”

“你生病了。”

“我不用你陪着，你走吧！”

距离上一次肺炎不过两周，而这次肺炎发作的第二天，血氧、心率、血压就都正常了，我也有些意外。

医务室的主管医生表示，目睹了这次实践，他感受到安宁缓和理念的力量，后面的治疗与护理会充分配合家属提出的安宁模式。但同时他也建议应下个鼻饲管，因为帕金森会导致反复呛咳直至去世。我当时拒绝了，认为不能下管——如果剥夺他用嘴进食美味的快乐，那还不如顺其自然，哪一次真的过不去就认了，况且下胃管太难受。主管医生说，下胃管只有几秒钟难受，却可以令患者避免呛咳，同时保证进食恢复体力；而且呛咳而死也很痛苦，这也有悖安宁理念。

我顿住了，开始思考这个问题。

随园团队的焦主管提议带我去看望曾经因肺炎下了胃管、康复之后正常生活的老人。她说，徐爷爷处于恢复期，身体虚弱，更容易呛咳，先下管规避风险，之后可以拔管；下鼻饲也可以有选择地给老人经嘴进食，防止功能退化。她又带我去见了下过鼻饲的老人，“下鼻饲就难受一会儿，比起呛咳那种要命的难受要好多了。”这句话说服了我。我于是采纳医护团队的建议，给父亲下了鼻饲。

鼻饲后，父亲的身体恢复得很快，第三天就可以自己用毛巾洗脸擦头，还可以短距离划着轮椅活动了；一周后还能划着轮椅去大厅听韩叔叔弹钢琴。韩叔喊我唱首歌，我问父亲：“想听我给您唱歌吗？”他说“想”。我给父亲和韩叔唱了首《我爱你中国》，当时养老院的吴副院长正好在前台，帮我们录了开头的一段。这便成为我给父亲唱的最后一支歌。十天后，危险期已过，他自己拔了鼻饲管，我便顺其自然地给他经嘴喂饭，但仍非常小心谨慎——一切顺利！

这是我第一次独立完成“全人呵护”的尝试，也是在医院外对安宁缓和操作的践行。这次实践的成功，更坚定了我能够帮助父亲善终的信心。

对于父亲的第二次肺炎，我的实践小结如下：

不送医院、不折腾患者，在患者熟悉的环境中用口服消炎药和化痰药控制病情；用精油抚触安抚心神；用语音引导与陪伴给予其心灵呵护（让患者感受到自己是安全的），便可以让患者放松下来，缓解谵妄。团队的远程祝福，大概也在某种程度上强化了心灵呵护的效果。

作为经验之谈，鼻饲不该绝对拒绝，要考虑患者自身舒适利益的最大化。

（3）第三次肺炎

拔了鼻饲后，父亲呛咳频发，抵触吃饭喝水，进食量少，人也瘦了。

4 月 27 日，我陪伴父亲时发现他抬头吃力，这让我想起母亲及其他亲人去世之前都出现过抬头无力的现象，担心父亲也已经接近生命末期。

他开口跟我说话却发不出多少声音，我读懂了他的唇语，他说："我感觉不好，我快不行了，太累了。"为什么我感觉患有阿尔茨海默病的父亲忽然头脑清明，说话也很有条理了呢？护理员打回来的饭他勉强吃了几口就想上床躺着，我刚把他搬扶到床上，他就沉沉入睡了。我感觉这是身体有些撑不住的昏睡，便意识到恐怕是真的临终了。我嘱咐护理员别逼他活动，让他好好休息。

下午，父亲醒来后依旧没什么精神，还有些低烧。我担心吸入性肺炎再度复发，便去药店买了药备用。我又用精油给父亲按摩，见他安睡，我便回了家。

深夜里，我被电话声吵醒。护理主管说，徐爷爷状况不好，让我赶紧过去看看。我赶到养老院时，医护正在忙碌着，他们跟我说，老人家的血压和血氧都很低，心率也很慢，他们给他上了肾上腺素和氧气。我跟医生交流了我的意见：希望只控制不适症状，不做抢救性治疗，请停用肾上腺素，尊重他的自然死亡进程。从现在起我会住在这里陪伴父亲，跟他们讨论要什么、不要什么。

万科随园养老中心的医护团队比较好沟通，表示只要家属希望以安宁照护的理念陪伴长者，他们都会给予支持。后来我跟医务室的曾主任交流，才知道她去年跟协和宁晓红主任学习过安宁缓和医疗进社区——我真的太幸运了。

父亲醒着却很虚弱。这个时刻，陪伴在他身边，让他有安全感，能放松心情，比任何医疗手段都更重要。不知为什么，这次肺炎发作，父亲的眼睛总让我感觉他是神志清醒的（平时是阿尔茨海默病的空洞状态），这种感觉令人既欣慰又心酸。是回光返照吗？直觉告诉我，这一次他真的扛不过去了……

我在给父亲做精油抚触时陪他说话，讲我小时候的故事，感谢他给了我生命、抚养我长大；抱歉这一生让他们操了不少心，也抱歉在妈妈离去时，我不懂得应该给他跟妈妈告别的机会，导致他一直放不下；如果他有一天离开这个世界再见到妈妈，请他代我对妈妈也说一声抱歉，请他们原谅女儿的无知和所犯的错误。令人欣慰的是我做志愿者后有学习、有成长，现在也有能力帮助爸爸平安地从此岸到达彼岸。所以也想告诉爸爸："不必紧张，我会一直陪在您身边。即使您扛不过去，我也会握着您的手，让您带着我们的爱安全地离开这个世界……"

我在"四道人生"。父亲温柔地望着我，嘴动着却说不出话，他紧紧地握住我的手——我知道他听懂了！哥哥也赶来了，我们再次分别坐在床的两边给父亲做抚触，让父亲安静入睡。

记得前不久我刚读过一本书《好好告别》(凯瑟琳·曼尼克斯著)，书中用很多案例介绍了真实的死亡过程是怎样的。死亡，是可以非常平静安详的。我按照那本书的描述跟爸爸说："告别这个世界可以是一个很温暖、很安详的过程，到最后您可能会安静地睡着，在睡梦中离开这个世界。我会陪在您的身边，跟您一起经历这个过程，您是安全的，放松就好。"父亲微笑着，又握了一下我的手。

正如《好好告别》里曼尼克斯医生所说的那样，临终的人昏睡的时间会越来越长，父亲也是这样。4 月 28 日和 29 日这两天，父亲昏睡多，偶尔醒来看到我们，脸上都是温暖的笑容。这样的微笑，没有了阿尔茨海默病的迷茫与空洞，多了一些安心与放松。他醒着时，我们就握着他的手跟他说话，他的反馈依然是点头或用力握我们的手。他状态不好时，我会在他耳边安慰他。

随着抬头无力、昏睡、头脑变得清醒等现象的出现，我判断父亲快走了。我尊重他的自然死亡过程，不打算用医疗手段横加阻拦，但也会考虑尽量控制他的不适感，让父亲能在我的陪伴下平静安详地离开就好。

关于吸痰：

父亲这次发病痰多，呼吸时"呼噜呼噜"的，医生建议吸痰。我担心父亲太痛苦——我见过其他亲人在被吸痰时会引发痉挛，我不想让他这么受罪，于是就拒绝吸痰。但听到黏痰卡在喉咙里的声音时，我也会心想，这也令父亲很不舒服吧？于是我去征求了海医安宁秦苑主任的意见。她说，安宁疗护不绝对禁止吸痰，每个人对吸痰这一刺激的反应不同——如果患者严重抗拒，就不吸；如果没有，那说明吸痰换来的舒适感对患者而言更有意义，可以尝试。她还提醒我关注痰音与“死亡咔咔音”的区别。

我们试了一次，父亲不太抵触，而且吸痰之后感觉他整个人都轻松了些。于是我们决定继续吸痰，但要注意间隔的时间尽可能长一些。

关于进食进水：

这次肺炎，让他在食物、水、药等进入胃时，有类似胃痉挛的反应，即使摄入量减少一半，也会有不适反应。我们便尝试改为分多次进食，每次只给一点点水和药，把摄入量控制在没有不适反应即可。

我想起曾在书中看到：临终时，人的身体会本能地排斥进食进水。父亲出现这个现象，进一步验证了他临终的事实。

关于用药——为缓解不适症状：

经口鼻给药难以快速解决痰多问题，我去他曾经住过的医院找医生开化痰的静脉给药（氨溴索），并按要求写了承诺书，回养老院后请医务室帮忙给父亲用药。到 29 号下午，痰音基本消失，人能安睡了。

（4）安详离世

4 月 30 日凌晨，父亲的痰音比较明显，但护理员给他吸痰却吸不出来——没有痰。我忽然想起秦主任的提醒以及《好好告别》那本书中提到过的“死亡咔咔音”。我俯在父亲身边静静地听他喉咙里发出的声音，那的确不像是痰湿，而只是单纯的“咔咔”音。

我意识到父亲快走了，开始做临终准备——精油抚触。我一手抚触他的头顶，一手握着他的手，俯在他耳边喃喃低语：“老爸，您即将开启生命的下一段旅程，如果您被耀眼的光芒笼罩，请跟着最强的光芒走，那里温暖、有爱、幸福、祥和。我会一直握着您的手，陪伴您经历这个时刻。”

他的呼吸开始出现间歇，随后间歇的时间逐渐变长。然后，他身体微微抻动，像是舒服地伸个懒腰般打了三个哈欠，又像是吃着什么美味，嘴里嚼着、嚼着。等到咀嚼的动作慢慢停下来，他舒服而满意地点点头，慢慢地停止了呼吸……

我目不转睛地看着父亲离去的过程，他走得如此平静安详，甚至可以说是舒适惬意。死亡，竟可以如此安详而美好！那一刻，我不但没有悲伤，甚至有些欣慰和羡慕——欣慰我完成了送爸爸善终的心愿，羡慕父亲的人生谢幕如此完美。

记得赵可式老师讲过，在呼吸停止之后，人的神识还在；也有其他老师说过，呼吸停止后，神识需要慢慢脱离身体，这时不要惊扰他。我有些纠结：那什么时候给他穿衣服呢？穿衣服算不算打扰他？不及时穿衣服，等时间久了还穿得上吗？当时是凌晨，我不能打电话请教他人，只能自行判断。

我默默抚触父亲温暖的手，跟他说："爸，我想帮您擦擦身体、穿衣服，这可能会打扰到您，但我们总是要穿衣服的，我会轻轻地尽快结束，好吗？"20 分钟后，我们开始给父亲穿衣服。在穿衣服时，每次帮他翻身，我都会跟他打个招呼："老爸，我们向左翻一下身，轻轻地哈，帮您穿上袖子；来，向右面翻；好了，真不错，穿上了。老爸你帅帅的哦！"

穿好衣服后，父亲盖着被子静静地躺在床上，身体还是温热的。我在被下轻轻拉着他的手，悄声跟他说话，并等待哥哥到来。

赵可式老师的课上说，人去世，听觉是最后消失的；有濒死体验的人说，人死后，灵魂（神识）没有离去，而是从天上俯视着自己的身体和亲人。我相信会这样，所以我请护理员去其他房间等待，我一个人陪伴着父亲，并轻轻地跟他说话。哥哥到达后，也给哥哥留了一段时间单独陪伴父亲。

之后我又回到父亲身边，与哥哥分别握着他的手，轻轻地继续跟他的灵魂对话。讲我们儿时的趣事，还讲了我们挨他揍的往事。我们问他，从束缚他的患有帕金森、抑郁症、阿尔茨海默病的肉身中解脱出来，现在是不是很轻松、很快乐？（五年来，他活得并不快乐。）

父亲于凌晨离世，直到清晨六点半我们跟他最后告别后，才通知医务室拉心电图宣布死亡。

为了不惊扰到养老院的其他老人，我们利用早上七点半到八点食堂开放早餐的时间，通知第三方丧葬服务人员送父亲去医院太平间。这也算是给了父亲一段神识离体的时间。

我很幸运，有机会亲自践行、验证安宁理念与芳香心灵呵护，并以此帮助父亲善终。在实践中，我有一些感悟与思考：

1）要想践行安宁理念，与身边的人沟通很重要，包括家人和医护。如果意见不一致，可能也难以实现所愿。

2）安宁疗护提倡，既不加速也不（用医疗手段）延缓死亡的过程，而是侧重缓解患者的不适症状及尊重患者的意愿，关注对其心灵的呵护。我曾经也有误区，认为鼻饲、吸痰都不该有，但这次实践让我明白，安宁缓和医疗应更多考虑患者舒适利益的最大化。对父亲而言，吸痰是为了缓解他的不适症状。安宁理念的应用不是死的，而是以让患者尽可能舒适为先。

3）疫情期间，入院等待时间很漫长，尽可能不折腾为好。在熟悉的环境里给予临终者温暖陪伴，令他们感到安全、安心、放松，有利于让他们平静离世。

4）心灵呵护很关键，也就是语言安抚+肢体抚触。告诉临终者你陪在他身边，他是安全的，死亡可以是祥和平静的。这点很重要，我父亲的安详与平静都源于他相信自己是安全的，死亡会是一个祥和的过程（我灌输的）。

5）离别的过程中，如果能有温暖陪伴，能好好告别，能祥和舒适地仙去，这对逝者和生者都是具有安抚作用的。

逝者安详，生者欣慰——这，就是善终、善别！这，就是生死两相安！

能用所学帮助父亲安详舒适地离世，父亲是幸福的，我感到很欣慰。接受死亡教育、学习心灵呵护技巧、阅读世界顶级临终关怀大师们的著作，以及志愿者服务的经验积累，我才能在帮助父亲善终时做到心有章法、手有技能。

| 第十章 |

墓地还是大海

母亲活着时经常说，等她和父亲去世之后，不要买墓地。她不喜欢墓地，因为：

1. 那么多不认识的人挤在一起，会觉得很不舒服；会觉得不透气、憋屈、压抑，仿佛被锁死在一地无处可逃；

2. 买了墓地，晚辈们每年都得来给我们祭扫。这会成为大家的心理负担：想经常来看看，但工作生活压力大就很难顾上；不来祭奠，又会觉得这是不是不孝顺。这是给后辈留麻烦；

3. 死后被禁锢在墓地，盼着每年清明大家来扫墓，平时还是会很寂寞，那种挤在一小块空间里，只为等每年一次祭拜的日子太难熬了；

4. 儿女、孙辈尚且还不会忘记我们，会过来看看、祭奠一下。但以后呢？我们会被人遗忘，遗忘之后，我们就成为孤魂野鬼了；

5. 买墓地花的钱没有意义，不如把这个钱用在更有意义的事情上，比如用在孙辈的教育上，这样我们会更欣慰。

那父母想怎么办呢?

妈妈说:“我跟你爸商量好了，无论我俩谁先走，先走一方的骨灰先不做处理，等两个人都去世了，再把我们的骨灰一起撒到大海里就可以了。”

理由是:

1. 从小在海边长大，喜欢大海;

2. 大海宽阔、自由、干净、不拥挤;

3. 父亲的老家在山东文登（威海地区）徐家村（清朝乾隆皇帝的老师徐士林的后代所在)，也是海边;

4. 威海那片海在中国和日本之间，把骨灰撒在那里离生活在日本的外孙女、生活在国内的亲人，以及在日本和在国内的学生都不远;

5. 一辈子不敢坐飞机，而大海连接世界，死后可以通过大海周游世界、自由旅行;

6. 环保，不占用国家土地资源;

7. 按照自己的意愿安排自己骨灰的去处，我的生命（骨灰）我做主，开心;

8. 节约开支，让钱流向对这个家更有意义、更有希望的事情中，欣慰。

我真为自己的父母在处理身后事上如此开明、豁达感到欣慰和骄傲，我也特别尊重、敬佩他们的选择。

父亲于2021年4月底安详离世，火化后的骨灰放在我家，之后我委托哥哥将母亲的骨灰也从昌平存放处送到我家。我将父母的骨灰盒放在我的书架上，在周围摆了干花、点了香。父母在一起了，我们在一起了。

父母在我家团聚了一段时间后，我们决定按照母亲的意愿（父亲同意母亲的选择），送他们去威海海域。7月，我和先生还有哥哥一起，开车带着父母的骨灰去威海。我们在威海海边有一套房子可以看海，是在母亲去世之后买的，她没来过；父亲也因帕金森，无法承受9小时的舟车劳顿，而没能来过。哥哥将父母的骨灰抱上楼，带他们挨个屋子参观一下，还抱着他们从阳台看大海。

我们找了一艘个人快艇，驶到刘公岛附近的威海海撒区。我和哥哥一边跟爸妈说话告别，一边往海里撒骨灰。那天天空晴朗，风浪很大，父母的骨灰随风飞扬，融入那片家乡的海。愿这宽阔的大海，给爸爸妈妈带来充分的自由和快乐，生也自由，死也自由，愿他们自由的灵魂游遍世界。至此，我们完成了送父母回老家、去大海的愿望。

如今，每当来威海小住时，我都会从连廊望向那片海，跟爸爸妈妈打个招呼。

| 第十一章 |

活成自己想要的样子

送父亲安然离开这个世界之后，我完成了自己对于父母的使命。没有了对长辈的牵挂，便有了完全属于自己的时间和空间，我要好好规划自己剩下的人生。经过一段时间的充分学习和成长，我跟自己和解、跟家人和解、跟癌症和解、跟死亡和解，人也变得更加温和、包容、容易满足。现在的我，爱自己、做自己喜欢的事，身心都是自由快乐的。

❶ 修复关系，与家人和解

我和孩儿爸的关系也比较轻松。

我们都已经退休，各有各的爱好，互相不干扰。我们每天在自己的空间里做自己喜欢的事，偶尔在一起聊聊天。更多时候我们会依照自己的爱好各自旅行，比如我去摄影旅行，他和朋友聚会。我们在自己的圈子里各自安好。我需要一定量的独自旅行，这对我的自我疗愈与思考很有帮助。想来我小时候一直在父母身边，大学毕业住集体宿舍，然后又结婚生子，人生中几乎没有独处的机会，有时甚至觉得独处是一种奢望。而每个人似乎都需要一定时间的独处，整理、修复自己。外出旅行恰好可以给自己创造独处的机会。

我学习成长后才发现，曾经关系紧张是一个巴掌拍不响：女儿和丈夫也一直都在包容、接纳各种状态的我。我改变后，才发现跟他们的相处变得轻松了。

我和女儿的关系也很舒服。

女儿在日本工作生活，她恋爱过，但目前选择一个人身心自由地生活。很多朋友比我还着急，问我为啥不催女儿结婚。我说："女儿的人生是她自己的，无论她做怎样的选择，我都会尊重。"

她一直在做自己喜欢的事——她学珠宝设计很出色，在大型珠宝设计公司工作五年后，又开始涉足建筑设计，学的都是自己非常喜欢的专业，废寝忘食地投入其中。为了学习与生存兼顾，她还做了一年多的公务员，那时的日程是每天下班后再去上夜校。有了不同的工作经历，她更清楚自己想要什么样的生活。她给自己做了精彩的人生规划，要趁年轻用连续的时间学本领，不想被恋爱和婚姻打断。她现在很快乐，即使上班上课很忙，也会忙里偷闲，一个人去旅行，在大山里泡温泉放松身心。

女儿喜欢设计和制作珠宝首饰，也喜欢设计房子，这跟她小时候天马行空的想象力有关。如今，这丰富的想象力成为她设计能力的重要组成部分，作为母亲，我既欣慰又骄傲。她经常跟我分享她的作品：她的珠宝设计、建筑设计。这些常常让我羡慕到嫉妒——我也喜欢设计和绘画，为什么我的妈妈却让我去学数学？！

她设计的红菇娘（灯笼果）吊坠——用黄金做的菇娘果皮形状的筋脉网络，掀开一角，里面是用红珊瑚做的果实，简直太美了！那是她的毕业作品之一，纯手工制作，独一无二。我非常喜欢这个吊坠，心心念念惦记很久，还表示她可以加价卖给我。结果在学校展出之后，它又作为珠宝设计学院的学生作品参加了日本珠宝博览会展销，立刻就被顾客买走了。没得到这个作品，我耿耿于怀。

女儿活成了我在三四十岁时可望而不可即的样子：自由、快乐、做自己喜欢的事、无拘无束。我很羡慕她，也为她能够如此生活而感到欣慰。

女儿的选择也鼓励到我，让我在自己力所能及的范围内，努力活出自己想要的样子。

❷ 从爱好中获得滋养与快乐

我的爱好是服装设计和摄影，摄影这一爱好起初源于工作需要——棚拍服装人像。退休后我专注于摄影，跟老师学习拍鸟。还为此买了“长枪短炮”、三脚架。它们很重，背着出门很辛苦，但我很快乐。拍鸟、拍其他野生动物的日子给我留下了很多美好的回忆：在国内草丛中坚守等待；在日本北海道与不怕人的海雕、红狐、野鹿对视；在非洲见证大型野生动物的温情一面……

摄影给我带来很多美好的感受，尤其是拍野生动物，观察它们可以引发自己对生命的思考。每每看着那些照片，内心就会泛起温柔与欣喜。

病房里不止要有野生动物照片，更要有绝美的风光照片。于是我开启了风光片学习与拍摄之旅。

我选择跟宾果老师学习风光摄影，他是国内顶级的风光摄影师，也是富士相机的中国签约摄影师，他的作品曾多次荣获国际大奖。他对画面美有着极致的追求，且后期技术也极其厉害。我非常喜欢他的照片风格，安静而美好。跟宾果老师“行摄”，我拍了：纯净的坝上冰雪风光；二月的新疆喀纳斯风光；九月的哈萨克族牧民转场；十月的吉林通化市“四方顶子”童话世界般的魔幻森林……我庆幸有机会跟最好的风光摄影老师学习。我的审美能力、前期眼力、后期技巧都提高得很快。

我还跟延红老师去了疫情中的青海，那些美丽的盐湖因为游客稀少而显得宁静纯美，我们拍下许多难得的画面。

有一些大美风光需要以雄鹰翱翔的视角欣赏，这对我的吸引力太大了。2019 年我就买了一台无人机，学习三天之后发现，除了起飞、降落、转向、平移，其他的我都不知道该怎么操作。带着无人机出门，我心里很没底，只敢让它原地起飞、转一圈、找个角度拍张照片，完全没有翱翔的感觉。

2020 年元旦，我跟宾果老师去坝上拍冰雪风光，期间老师的朋友李建江来探班。宾果老师给大家介绍：建江老师是有二十多年航模经验的无人机航拍高手，连续两届海峡两岸无人机最佳飞手，服务于央视和地方电视台，是国内无人机航拍的“天花板”。第二天宾果老师带我们拍雪地奔马，天气很冷，零下 30℃，我的相机还不争气地按不下快门了。我想用包里的无人机拍，但又不知道该怎么拍。宾果老师向后一指，让我去一个越野车上请教建江老师。我礼貌地走到车前询问老师可不可以教教我，老师打开车门让我上车。在冰天雪地里冻僵的我在上车后，看到建江老师开着暖风坐在越野车里优哉游哉地操控无人机的那一瞬间，脑子里冒出的想法就是：我一定要学无人机航拍！

观摩老师用无人机拍奔马时，我问老师带不带学生，老师说不带。我不死心，回到北京后还时不时问老师，什么时候打算收学生请通知我。

2021 年 12 月底，建江老师发消息说他要去坝上景区拍摄，愿意观摩的可以一起来。我自然不会错过。五个同学一起观摩学习，我才发现曾经不规范的三天无人机学习，给我留下了很多坏习惯。我的坏习惯和老师新的系统教学体系“打架”。纠正的过程可能会很漫长，因为肌肉记忆会下意识地跳出来捣乱，所以我的进步速度比新人还慢很多。

2022 年 3 月，建江老师说他要去航拍新疆，可以带学生。我拉上我哥这个航拍素人一起去，也是想给自己的修正成果做个比较。我哥按照老师的指导学习操控技术，全程快乐起飞、安全返航。他进步很快，多次受到老师表扬。而我呢，我的无人机在白沙湖飞行，大风天我竟然“恋战”想多拍，导致飞机末电返航时被瞬时大风吹至逆风位，随风漂移到湖面，无力返回，献祭给了白沙湖。老师看我没了飞机，便把自己的备机借给我用。在伊犁大西沟，我追拍马和牧马人侧飞，但侧飞前没做安全性确认，老师的备机最终卡在了新疆细高的白杨树树梢……

越紧张就越容易出错。与其说我为飞机的损失难受，不如说我对自己失望，对自己因无法摆脱坏习惯而泄气。努力想要自我欣赏、活得内外灿烂的我，却被无人机飞行这件事不断打击，这让我很沮丧。我可以逃吗？我如果放弃学习航拍呢？放弃，我就不必面对因不断失败而造成的自我否定了！

内心挣扎了一段时间之后，我决定尝试跟自己的纠结和解：我接纳自己的不完美，接纳自己的坏习惯，接纳自己可能要花更长时间改变，接纳自己的局限性——即便跟最好的老师学习，我也可能达不到自己期望的水平。这意味着再出问题时，我不会因为觉得对不起老师的培养而否定自己，我会接受自己的任何状态。我要给自己机会去不断试错、总结经验。飞得多了，形成新的肌肉记忆，我总会有进步。我鼓励自己：我在努力；我没放弃；我会进步！

在新疆，山特别高大神圣，自己渺小却欣喜；在新疆，有苍凉雄浑的美、心旷神怡的美，孤独宁静的美、绿水青山的美、万紫千红的美、城市老街异域风情的美……美不胜收；行走在新疆，我感到，哪怕就这样消逝在路上，一定也是一种美丽的离开。就这样，我的心态又好了起来。

我的摄影学习也回馈到安宁疗护工作中：病房拍照、录像、后期制作；协和安宁团队的人像棚拍；安宁缓和进社区的拍摄；讲述安宁病房《生命尽头　安宁守护》温暖故事的视频拍摄与制作，等等。

在安宁病房里，宁静美好的照片可以美化病房环境、安抚人心。住在这里的末期患者睁开眼睛就可以看到世间一抹美景，这会让他们的内心更加平和，甚至可以带着这份美好的感受离开。同样，这些宁静绝美的画面也会给医护和家属带来一点嘴角弯弯、心情放松的感受。所以，在安宁病房每张病床前挂一幅美景是我下一步要努力的目标。

疫情期间不让进病房，我就带着这个目标在国内旅行拍摄，积累素材。每看到一个画面，我都会想这个适不适合用在安宁病房……

当我的摄影及后期技术可以帮助安宁团队宣传安宁理念、积累案例素材、装饰病房环境时，摄影这个爱好便不再仅仅局限于个人的欣赏与欢喜，而变得更有意义了。这样说来，我似乎把安宁缓和志愿者这个身份也做成了爱好的一部分。

我拍过新疆冬天的雪、春天的杏花，还要去拍夏天的花海、秋天的金黄。等我拍全四季，海淀医院安宁病房从 6 张床到50张床的扩建也差不多完成了。我陆续准备好照片，等待安宁团队挑选。好消息是，宾果老师很认同、欣赏我做安宁疗护志愿者这件事。当我向他提出邀请，希望在安宁病房选用一部分他的获奖作品时，他二话不说，让我们任选！在航拍视频时遇见适合的美好画面，建江老师也会习惯性地帮我拍一张照片留给安宁病房。我心里有满满的、被支撑的幸福感，谢谢老师们！

一个人在生命尽头感到孤独和恐惧，这时若有人出现在他身边，告诉他："我愿意陪着你，跟你一起面对接下来那段生命的重要时刻。"他就会看到光，并获得力量。即使我们的努力对社会而言是微小的，但对患者及其家庭而言，却足以帮助他们穿越暂时的黑暗，让临终者带着爱离开，让家属带着爱生活。

我要继续自己的生命成长，灿烂地活着，尽情做自己喜欢的事——旅行、摄影与航拍，趁着自己还走得动；我要继续做好安宁疗护志愿者，这已经成为我生命中的一部分，我也从中得到滋养与快乐，让我觉得自己渺小而伟大，生命也更有意义和价值。

无论我能活多久，我都要让自己活成想要的样子。绽放自己到生命的最后一刻。

后记

一路走来，回望我生命迅猛的成长，是在成为安宁志愿者之后才开启的。

因未知真假的癌症复发，要开始面对自己的死亡，这个过程加速了我的自我成长。于是才有如今的：跟自己和解、跟父母和解、跟家人和解、跟死亡和解，才有平和淡然的心态，把自己的人生活成自己想要的样子。

在最后，我最想说的是：感恩遇见。

感恩遇见海淀医院安宁团队秦苑主任：

因为遇见您，我才有机会成为安宁缓和志愿者，才让我懂得：要好好爱自己，才有能力爱他人；人活成什么样，就会死成什么样；每位患者都是我们的老师，生命影响生命，生命教导生命。感恩您在我“用安宁理念帮助父亲善终”的过程中所给予的具体指导与提示；感恩您一直以来对我的包容与鼓励，让我有机会在安宁志愿者这个角色中尽情发挥自己的能量，成长为一个更加快乐、更加自信的自己。

感恩遇见海淀医院安宁团队及培训平台：

我在这里接受王扬老师的心理指导，这使我从悲伤与负罪感中解放出来。我在这里接受了生死教育，这令我明白：死亡逃无可逃，不如臣服、和解、坦然面对；我在这里接受了芳香心灵呵护讲师培训，让我学会用芳香心灵呵护的技术服务患者及其家属、医护人员和其他很多人，并由此开启自我内心的修炼、个人灵性的成长。感恩海淀医院培训平台的所有老师，是你们的授课和分享启发了我、丰富了我的认知。这些认知帮助我做出人生的改变。

感恩遇见我服务过的所有患者：

每一位临近生命尽头的患者都是我的老师。我由你们的故事思考生死，让我懂得珍惜当下，更懂得敬畏生命、敬畏自然，愿做善良有爱的人。是你们给我机会，让我能在你们人生的尽头用陪伴与爱抚给予温暖与力量，助你们冲破黑暗，开启新的旅程；是你们让我懂得，做临终关怀志愿者是一件让世界更美好的事情，也令我的人生更有价值和意义。我们共同让死亡变得不再孤独且有温度。

感恩遇见芳香心灵呵护指导老师赖大叔：

感谢您那么耐心地把当初那个对于灵性关怀一窍不通的我，培养成一个可以胜任工作，甚至可以成为领队的芳香心灵呵护志愿者；感谢您指导我们修炼自己的平和、接纳与包容之心，服务他人，滋养自身；特别感谢您带领我们步入灵性成长的大门，这对我不再恐惧死亡，把死亡看作生命的一段新旅程，甚至对死亡产生好奇、崇敬之心有莫大的帮助。

感恩遇见北京协和安宁缓和医疗学科带头人宁晓红老师：

感谢您在“安宁缓和进社区”方面的引领。您推荐阅读的《好好告别》这本书，对我了解死亡给予了很大帮助，并在运用安宁理念帮助父亲善终的过程中起到了指导性作用。更感谢您对我在送父亲善终的全程中应用安宁理念的认可，并推荐我在协和的学习平台分享我的实践。

感恩遇见协和安宁志愿者培训师成佳奇老师：

感谢您给予我的学习机会与引领。那一次的安宁病房个案观摩深深地影响了我，让我对安宁缓和志愿者这个角色的意义有了更深刻的认知。

感恩遇见陆晓娅老师：

您听了一次我的分享，便推荐并鼓励我把我的经历写出来，分享给更多人，为的是让更多人了解安宁并从中受益。如今，曾经很不自信、从未动笔写作过的我，终于下定决心写作，我很开心。没有您的鼓励，就没有这本书的问世。

感恩遇见广西师范大学出版社的刘汝怡编辑：

是您的耐心倾听、对挖掘我人生故事的浓浓兴趣与鼓励，给予从未想过写作的我以信心。您既给了我足够多的时间和空间，也给我了写作的建议。我们初次见面就有那么多信任与理解，交谈得如此丰富和深入；我们一起探讨、修订书稿的时光非常快乐。

还要感恩母亲用她惨痛的死亡，逼我觉醒。在追寻如何让自己的死亡不那么痛苦的路上，遇见安宁缓和、遇见芳香心灵呵护、遇见这么多老师、朋友，让我得以成长，并与自己、与死亡和解。

感恩父亲给我机会，让我在您身上践行安宁缓和与芳香心灵呵护的理念与技术。我们相互配合，共同使您平安、祥和、从容地从这个世界去到彼岸空间。

感恩遇见癌症，让我开始关心自己的身体、思考自己的死亡和生命的意义，开始这几年如饥似渴的学习和成长。

感恩遇见这一切，让我重新拥抱了生命！

徐舒

2022 年 *9* 月 *19* 日于北京